万里游踪话沧桑

我的北美之行

毛微昭 著

文匯出版社

美利坚探亲

1989年6月，我们九兄妹第一次团聚在故乡大哥新建的家门口

2005年5月，在临平的水乡博物馆，我和我的五个姐姐和两个妹妹

2012年和大姐夫妇在硅谷玫瑰公园

2012年和六妹夫妇在休斯敦关新家门口

在新奥尔良长安的花园里

在亚特兰大和长宽在巨石公园

大姐的长子长宏夫妇和他们的两个儿子

三姐的长子苗勇夫妇和他们的女儿女婿

国会大厦的大厅里,四周和顶部都是巨幅油画和浮雕

赖斯大学校园一角

与长宽在佐治亚理工学院的教授办公室里

在长定家里

老伴和长安的太太祖忆在密西西比河畔

德州西部的牧场

虽然大姐夫妇都已不在，他们的儿孙们依然会常常团聚在一起。这是 2017 年夏天在亚特兰大森林公园度假村里的一次聚会。大姐的五个儿女

大姐的儿孙们

兄弟姐妹又一次相聚，参加长宽女儿的婚礼。长宽一家两代四个人都是博士，真正的博士之家

2016年长宏夫妇去新疆和苗家三表弟合影

加拿大记游

鸟的世界

千岛湖风光——一个比我国的千岛湖大四十多倍的湖泊，湖面竟像西湖一样平静

蒙城风光

圣劳伦斯河上的大桥

蒙特利尔龙舟节

圣劳伦斯河畔的傍晚

康卡迪亚大学的门口：就只有这样一块校牌

蒙特利尔的街头雕塑

加东三日游。后面是大西洋在加东的一个海湾

霜叶红于二月花

一个家庭两个岛，分属于加、美两国

尼亚加拉大瀑布

自 序

先父毛守诚,出生于19世纪末,成长于五四时期,终生从事乡村教育,在家乡小有名望。民国初期,他积极参与创办乡村小学,曾经受到民国政府余杭县长颁赐的"乐育英才"匾额奖励。20世纪20年代末,蒋梦麟在陶行知的参与帮助下创办浙江湘湖乡村师范,父亲即辞去了在家乡担任的小学校长职务,去就读刚刚创办的湘湖师范,成为第一期弹性制的学员。全班13人,年龄参差不齐,他的年龄最大,比校长和所有的教职员都大,他当时已经年过三十,是四个孩子的父亲。毕业后即留在湘师,担任附小主任,是一个有抱负、有理想、有追求,立志从事乡村教育的知识分子。后来我的兄姐也都就读湘师,献身乡村教育。父亲追随陶师行知,且有著述存世。抗日战争开始后,随浙江湘师迁徙奔波于浙南,后回杭州乡间,献身乡教于故乡。抗战后期,家父及兄嫂家姐一起,全家曾有五位乡村教师。在浙江湘湖乡村师范的多种史料及家乡浙江余杭的地方史志中,均有所记载。但先父母终因劳累过度,家母未能活到倭寇投降,家父没有见到祖国之新生,他们都在贫病中早早去世,留下了我们兄弟姐妹九人。我们失去双亲时,最小的妹妹还不满七岁。

1949年,祖国大地,地覆天翻。时代剧变中,我们兄弟姐妹,有的去了台湾,有的蒙冤入狱,有的参军,有的参干,先后去了北国边疆。有的在农村安家,有的尚未成年,艰难坚持求学,追求知识于书斋。那年月,亲人之间,有的杳无音信,有的划清界限,断绝联系,海峡两岸对立,中美两国成仇,历数十年之久。

自尼克松访华,中美关系破冰,两岸关系解冻,长兄的冤狱终获平反,其对余杭教育事业的贡献得到肯定,被载入余杭中学的校史之中。我们兄弟姐妹九人，在分离40年后，于1989年第一次团聚，竟奇迹般一个不缺。新世纪初，父母直系亲属，已达百数十人，有多人移民美国。散居国内的，除故乡浙江以外，还有多人远在天山之麓和粤海之滨。姐妹九个，尚存八人；夫妻九对，在世者尚有15人；我们又一次团聚在杭城之东，古运河畔之临平山下，一个个都垂垂老矣！聚会后大姐夫妇即回大洋彼岸之加州硅谷。又七年，大姐大姐夫，年届九旬，大姐已瘫痪多年，大姐夫心脏数处搭桥，在病重之际，甚盼一见大陆亲人。适值美国放宽签证，于是有了我白发越洋去探亲之旅。我们到了硅谷，又去了美南、美东，与六妹夫妇团聚于德州之休斯敦，见到了多位亲人和复旦同窗，亲见亲友们在异域之生活现状，听闻他们述说赴美打工求学之艰难，感受他们对祖国之眷恋和受中华文化熏陶之深邃，以及华人之间的深厚情谊，其情其景，感人肺腑。

　　2017年4月，中美两国元首相会于美国总统之海湖庄园。"合作是中美两国唯一正确的选择，我们两国完全能够成为很好的合作伙伴。"今我第二三代亲人中，已有多人为中美两国之学者、高知，大洋已不能阻隔两岸华人之亲情、中美两国人民之友谊。

　　2017年是家父去世70周年。如今大姐夫妇都已经去到他们后半生笃信的基督天国，我们兄妹九人中已经只剩三人。我把几年前赴美时的笔记整理出来，把在美国的亲人们的学习、工作、生活情况介绍给国内读者，既是对先父的纪念，也希望对年轻朋友了解美国，特别是了解在美国的华人社会能有所帮助。希望通过一个个具体的家庭，通过他们在美国打拼的故事和现在的生活情况，告诉读者，海峡两岸、大洋东西的同胞，大家的心是相通的，毕竟炎黄子孙是一家。希望能够增进同胞间、中美两国人民间的友谊。对于所到之处的旅游景点、人文资料，亦有介绍，对于读者，也可丰富一些人文知识。此前数年，我曾去加拿大探亲旅游，为时半年。记下了若干旅游笔记，皆亲历亲见，一并奉献给读者，期望拙著能为读者所欢迎。

2017年9月3日改定

目录

自序 / 1

第一部分 美利坚探亲

第一章 万里越洋去探亲 / 3

第二章 在硅谷的亲人家里 / 14

第三章 硅谷和圣弗朗西斯科湾 / 26

第四章 林海中的亚特兰大 / 42

第五章 在密西西比河畔 / 57

第六章 相聚在休斯敦 / 78

第七章 在纽约和华盛顿 / 107

第八章 归程中的思考 / 123

附录：我的两个姐姐和姐夫——纪念抗日战争胜利七十周年 / 129

第二部分　加拿大记游

题记 / 141

第一章　加国记游 / 142

第二章　蒙城掠影 / 160

第三章　生活在蒙城 / 175

第四章　归途停留温哥华 / 202

附录：友人赠诗两组 / 208

后记 / 211

第一部分

美利坚探亲

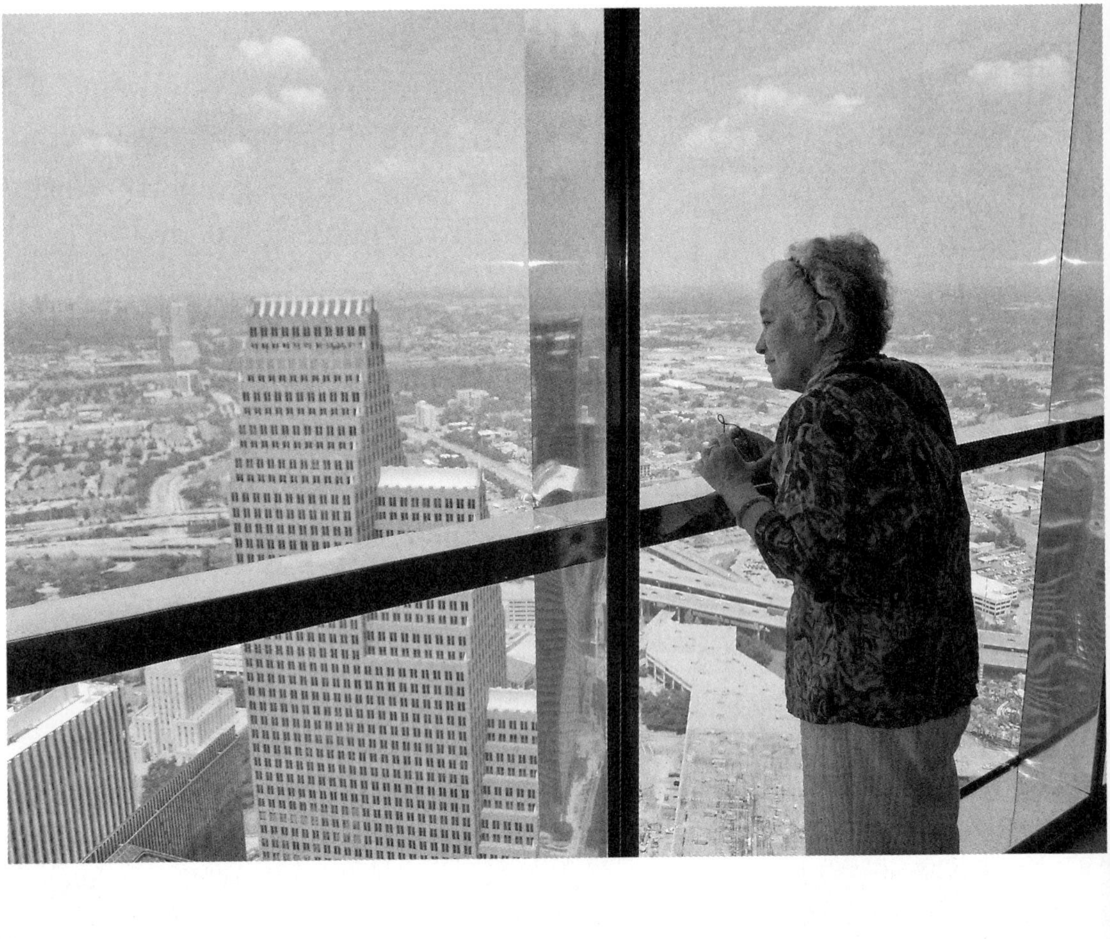

第一章　万里越洋去探亲

1. 辞根散作九秋蓬

在1949年的时代巨变中,国民党政府逃亡海岛。做了一辈子乡村教师的父亲,已经在两年前去世,留下我们兄弟姐妹九个,还有四个没有成年。长兄为大,他有妻儿,还有弟妹。嫂嫂的姐姐、姐夫和弟弟都去了台湾,大哥没有去。他只是余杭简易师范的一个教师,不想做政治流亡者。简师的校长是国民党政府的县长白冲浩兼任的。白冲浩县长,西安人,其父白常洁曾留学日本,参加了孙中山创立和领导的同盟会,民国建立后曾任孙中山大总统秘书,陕西省驻京议员。白冲浩本人毕业于清华大学。在任县长时,不但兼任简师校长,还兼任初中部英语教师,兼职不兼薪。余杭解放前夕,原拟追随浙江省主席陈仪起义,陈仪事败被捕,不久,解放军南下,摧枯拉朽,白冲浩率领全县党政军三百余人投诚,余杭和平解放。解放前夕,白冲浩指定家兄临时负责全校事务,对他说:国民党败局已定,学校不要解散,保护好学校。让他组织师生迎接解放。同时我的表哥杨天波又是家乡杭州余杭共产党的地下武装的领导者之一。大哥大嫂虽然有亲人随国民党去了台湾,但他的直接领导亲共投共,他又有亲人在共产党里,他只是一个普通教师,他不想走,也不能走。

余杭解放不久,余杭简师改名为余杭中学,大哥即被人民政府任命为余杭中学的首任校长(校务委员会主任)。想不到的是,不久他就蒙冤入狱,被判重刑,去北大荒劳改。在他判刑后不久,我曾写信给湘湖师范金海观校长,告知家庭变故。金校长回信问我,孔昭究竟因何事判刑?我答以"不知。但我相信人民政府是不会冤枉好人的"。我还劝大嫂和他离婚,劝农村的几个姐姐和他断绝联系。这就是当年一个共青团员的政治觉悟。我的另一个当小学教师的姐姐1949年11月参加了解放军,和一位老八路结婚,后转业去了新疆。我在1949年6月参加革命,后调干考入复旦,毕业后分配去了青海柴达木。我的六妹在三姐的帮助下,中学毕业后也去了新疆。一家人天南地北,多半都远离了家乡。我们兄妹九个,好似辞根散作九秋蓬,有的杳无音信,有的划清界限,断绝来往。父亲在时曾经办过乡村小学的老家的祖屋,不久也倒塌了。真可谓田园寥落干戈后,骨肉分离各西东。月夜思亲暗落泪,不知何日能重聚。

"文革"结束,拨乱反正。历史上的冤假错案,通过复查,一个个得到了改正。大哥的冤案,经多次申诉,也终于在1986年经法院审理改判无罪。我曾写过一篇《从无期到无罪》的文章,收入《湘师和我们一家》一书中。大哥平反,我从青海调回故乡杭州。六妹夫是广东人,六妹随丈夫调回广州。1989年春天,已经移民美国的大姐,从大洋彼岸第一次回国,踏上离别了40年的故土;新疆的三姐、广州的六妹也都回到了养育自己的故乡——九兄妹终于在分离了40年以后,团聚在杭城远郊鸬鸟山下的故乡。祭亲人于墓前,叙亲情于一室。在国共对立、国家分裂的年代,骨肉分离、杳无音讯的家庭成千上万,但分离几十年,九兄妹能一个不缺地团聚的家庭却很难得。这是我们第一次,也是唯一一次九兄妹的团聚。

2. 校友鼓动我去探亲

一晃又是多年过去。

龙年伊始，我的复旦校友沈文元君，公子刚刚调任我国驻华盛顿大使馆外交官，夫妇俩准备赴美探亲。他知道我在美国有多位亲友，又正遇美国政府放宽签证，问我是否有意赴美一游，这是一个机会。

我的大姐，这年已届米寿，已经中风卧床十余年。姐夫大她四岁，心脏搭桥多处，都是风烛残年。十几年前，他们想回大陆养老，曾在余杭临平购房定居。浙江省黄埔同学会秘书长徐岩华还曾在我陪同下专程去临平探望过姐夫。在临平住了数年，因为他们都已入美籍，子女也都在美国，回大陆养老有许多不便。最后还是只能再度返美，定居在加州硅谷，和女儿长宁住在一起。龙年初，大姐病情危重，医生放弃治疗，在外地的亲属也赶来为她送行，子女已经在为她准备后事。她在病危之际，甚盼能再见家乡亲人一面，于是我决定赴美一行，代表家乡的亲人，去看望她一次。我的家人，也都非常支持。我给外甥女长宁发去电邮，长宁立即给我发来了邀请信。大姐知道我要去看她，已经多日未进饮食的她，竟奇迹般一天天好了起来，天天在盼着我们。

没有想到，这一回的美国之行会那么顺利。我们顺顺利利地去，快快乐乐地玩，平平安安地回来了。见到了几十位亲友，其情浓浓，其乐融融。听他们讲几十年来学习打工、辛勤拼搏、移民美国的酸甜苦乐，令人感叹。

在亲友们的热情接待和陪同下，在短短的一个月里，我们从美西到美南再到美东，探望了姐姐姐夫、妹妹妹夫，到了六个外甥外甥女和一个老同学的家，游览了十几个城市，包括旧金山、圣荷西(硅谷)、亚特兰大、新奥尔良、休斯敦、奥斯汀、纽约和华盛顿等著名城市。美国三面临水，东临大西洋、西靠太平洋,南临墨西哥湾,这三大海域我们都到过了,还看到了和这三大海域相连的最著名的三大海港:纽约港、旧金山港(圣弗朗西斯科海湾区)、新奥尔良的密西西比河出海口沿河百里港口区。它们每一个都可以进出、停泊十万吨级以上的巨轮和航母。我们跨越过美国的母亲河——密西西比河,我们乘坐过密西西比河、纽约海湾里的渡轮和华盛顿豪华的游轮,七次乘坐美联航的班机,乘坐过纽约古老的地铁,到过白宫前的大草坪,走进过华盛顿的国会山庄和纽约的联合国大厦,登上过70层的高楼俯瞰休斯敦市区,参观过著名的休斯敦宇航中心。我们虽没有去拉斯维加斯赌城,但去过被称为拉斯维加斯第二的墨西哥湾海滨的密州赌城,感受到美国赌城对美国老年人生活的意义。我们眺望过纽约自由女神的熟悉身影,走进华尔街,去感受、想象它对全球金融市场的影响。我们去过世贸中心的遗址,目睹了正在建造中的新的世贸大楼。在纽约的曼哈顿岛上,我们看到了东西南北几十条街道紧紧相挨的摩天大楼群。尽管迪拜有世界第一高楼,台北有101大楼,我们的一些城市也在争建高楼,但摩天大楼之多、之集中,哪个国家也不可能超过纽约的曼哈顿。我们到过华尔街、百老汇、时报广场、摩天大楼,这些我以为都只是历史的产物,并不值得羡慕和骄傲。我更羡慕的是他们都只有一两层的低矮的住宅区、淹没在林海里的亚特兰大,以及我们参观过的伯克利、斯坦福、佐治亚理工学院、杜兰大学、德州大学等多所名校。我们在墨西哥湾渔村畔美丽的海滨亭子里野餐,欣赏墨西哥湾的绮靡风光。在亚特兰大,我们见识了全美最繁忙的航空港,乘坐过机场里的地铁,也登上过周长十几公里、高数百米的"巨石"公园。我们到过西部牛仔的故乡,眺望过德州的广阔牧场。我们到过多所城市的中国城、唐人街,走进过圣荷西、亚特兰大、休斯敦的华人教堂,参加过他们的礼拜和读经活动,尽可能去获得和他们心灵的沟通。真可谓见闻多多,感触也多多。

每到一地,都有亲戚或朋友接送我们,招待我们食宿,为我们驾车导游。

在纽约,我的复旦同窗何永昌夫妇俩都已经是76岁的白发老人,还亲自驾车来机场接送我们,让我们无比感动。我们就这样走进了多个美国家庭,看到了普通华裔美国人的日常生活。我们也遇到过一些小小的困难,得到了素不相识的美国朋友的热情帮助。

我们的游踪何止万里。回国以后,在美一月的经历、见闻,时常浮现在脑际,催促我应该把它们写下来,留下记忆。

3. 我在美国的亲友

在新中国成立前我参加革命时,在我最早的干部档案里,我并没有海外关系。在美国更没有任何亲友。国民党军队溃败时,我的大姐在战乱中失踪了,和我们失去了联系。姐夫是国民党军官,去了台湾。后来传闻大姐也去了台湾。我的三姐则在1949年参加了解放军,后来转业去了新疆。我六妹初中毕业以后,也去了天山脚下。我则在新中国成立前夕,参加了地方工作,今天成了离休干部。很长一段时间里,我们兄弟姐妹九人,天南地北,有的音讯全无,有的划清界限、断绝联系。1972年尼克松访华。1975年,我还在青海柴达木盆地的一所中学任教,突然收到了一封海外来信。"文革"中我头上曾有"美蒋特务""苏修特务""三反分子"三顶大帽,那时我刚从"牛棚"里解放出来。接信后的我有如惊弓之鸟,战战兢兢地拿了信找到革委会的政治组,请组长替我拆看。这是我去台湾的大姐的女儿刚去美国打工求学时写来的第一封寻亲信。信中第一句话就是自我介绍:我是你大姐佩华的女儿长宁,我刚来美国,妈妈就要我寻找大陆的亲人。妈妈每天都在梦中喊着你的乳名,祈求上帝保佑大陆亲人的平安。关于这事,多年以后,我曾写过一篇《第一封海外来信》,发表在《情系中华》上。

四十多年过去了。就从这个外甥女长宁开始,后来她在台湾的二哥长安、两个弟弟长宽长定、在大陆的大哥长宏，都去美国留学。毕业后有的直接在美国就业并加入美籍，有的回去工作一段时间后又去了美国。她父母——我的大姐和大姐夫，也在20世纪80年代移居美国。大陆实行改革开放以后，我50年代去新疆工作的六妹，也随广东籍的妹夫调到广州工作。他们的儿子关新，在西安大学毕业以后，也去了美国打工留学。这六个外甥外甥女，经过二三十年的打工学习、努力拼搏，连同他们的配偶，都先后读完美国的学士、硕士，有的还获得了博士学位，移民、入籍、购房、创业。现在有一家在硅谷，一家在新奥尔良，两家在休斯敦，两家在亚特兰大。大都来过大陆探亲。有的还回来过多次。但我们还很少有人去过美国探亲旅游。只有我的小妹在1992年去过一次休斯敦看望大姐，广州的六妹去休斯敦她儿子家探过亲，还没有其他大陆亲人去过美国，探望过在美国的亲人。现在我们也已经有条件承担机票路费了，他们欢迎我们去探亲旅游。

除了亲戚，我还有两位大学的同班同学，改革开放后，也先后去了美国。现居纽约的何永昌君，复旦毕业时同我一起去大西北，我到青海，他在兰州。后来照顾夫妻关系，把他调到宝鸡。夫妻俩都曾是宝鸡市的人大代表，一个是当地的名医，一个是当地的名师。都是改革开放以后去了美国。永昌是上海人，以前多次回国探亲，参加同学聚会。也来杭州看过我。知道我将去美国探亲旅游，表示非常欢迎，并会在纽约负责接待。永昌兄待人极其热情，接待过几十位复旦新闻系的老师同学，还有复旦的前校领导。另一位复旦同学陈克澄君，毕业时曾分配在杭大新闻系任教，以后下放到海宁一所乡镇中学任中学教师。也是改革开放以后去美，现在是洛杉矶加州大学教授，如去洛杉矶，也一定会接待我们。

排了一下队，如今在美西、美南、美东，居然都有我的亲友。我完全有可能在美国来一次自由行。比随旅行团的十日八日游，可以玩得更轻松，更多地接触美国社会的方方面面，看看这些在美国的亲友们如何工作和生活。

4. 签证、机票及其他准备

赴美探亲旅游,当时最重要的是要能办出美国签证。我从未去过美国,第一次申请不知是否能顺利通过。说起签证,许多人都有过被拒签的经历。且签证费不菲,一旦拒签,就如扔水中。究竟成功率多大,不能不认真考虑。几年前我在加拿大探亲,儿子有加拿大绿卡,去美国不用签证,但对中国人拒签率很高,我们就不想把钱去打水漂。我终于只在加美边境眺望过美国,未踏上美利坚的国土。

这次虽听说美国政府放宽了对签证的限制,但究竟有多少通过的把握,依然心中无数。我们从网上下载了有关规定,需准备材料有九项之多,其中包括财产证明、单位证明、存款证明、亲属关系等,一时觉得还不如跟旅行团走方便。但随旅行团去,要想探亲访友就不方便。我广州的妹妹妹夫,十多年前申请去美国探亲,就两次遭到拒签。连解释都不听你的。但这次他们又申请了,居然连面谈也免了,他们的签证已经通过,将于4月赴美探亲。而杭城另一友人,拱墅区的侨联委员姚姐,也来电告知签证通过,非常顺利,并详述签证经过。大姐已经在翘首期待着我们,广州的妹妹妹夫已先行一步赴美,我终于决定一试。

首先要美国亲人发来邀请信。我们从网上下载了申请表,准备了有关材料,由儿子帮我从网上填表申请。护照是年初刚刚新领的,再加上有关证明、资料等,通过网络向美国驻沪总领事馆提出申请。当天就收到领事馆预约通知,预约五天后去沪面谈,其中包括双休日的两天,效率之高,令我吃惊。我从未去过美国,第一次申请不知是否能顺利通过。更让我们意外的还在后面。

预约的时间是上午8时30分。两个老人要亲自去签证处面谈。当天早晨,我们由大儿子毛前陪同,乘头班高铁去沪,在虹桥站下车转地铁,8点前就到了签证处。排了三次队,第一次领入门证;第二次拍照留指纹;第三次即面谈。这里秩序井然,面谈同时有八个窗口,几百人排队,速度很快。等轮到我们,只问了三句话:你去探望谁?我出示了邀请信;什么时候回来?我回答一个月;你的直系亲属在哪里?我告知都在国内,并出示了我的全家福照片。于是便 OK 了。我准备的许多其他资料,根本问也没有问起。签证官说,你们通过了。两天后,邮政快递送来了签证护照。若是我去时就买好回来的高铁票,还可以回杭州用午餐。比我们平时进城到市中心办一件事还要快。

下一步就是计划如何去。怎样买到便宜的机票,安排合适的时间成行了。这里大有文章。

签证顺利通过后,除了立即通报美国亲友外,我们以为最要紧的事情就是购买机票。希望能买到比较便宜的往返机票。还在签证处门口排队等候时,就已经遭到几十人的包围,"热情"地为我们递送来无数张购买特价机票的广告纸、广告卡,提供的国内外各大航空公司的航班机票价格,便宜得让你难以置信:美国往返都只有三四千元人民币。真要购票了,经过几天联系比较,每人往返大致都要1.1万元左右。但都没有最后落实。后来才知道其中的奥妙,我们弄错了办事的顺序。你的旅行计划即何日从何处进入美国,何日从何地离开美国,这个时间地点没有确定,机票的具体价格是无法确定的。于是我赶紧同我的外甥女长宁联系,确定我的旅行计划。除了我决定从旧金山入境,从纽约回国,其他在美日程,外甥和老同学们分住在五个不同城市,都由外甥女长宁负责安排。出入美国日程确定以后,就联系机票价格。经过比较,由外甥女在美国购买要比我们这里买便宜。一天清晨五六点钟,旧金山时间下午,我同外甥女长宁通过电话和网络几个来回联系,一共几个小时,便把机票搞定了。在美国的分段旅行日程、机票,全由外甥女和她的兄弟们商量操办,我就毫不费心。只是跟长宁说定,机票钱一定由我们自己支付,我们现在有这个支付能力,不可再加添他们的负担。

再说旅行知识和物质准备。这两个方面,事后证明也是颇有讲究。

先说旅行知识和旅行经验,如此万里迢迢,一生头一回去到美国,除了探亲,总还想看看美国。想参观哪些地方,对美国的人文历史、地理环境总应该多少有一点了解。正好我书架上有现成的两本书,复旦校友、浙江作家沈文元君曾赠我一本《大国纪行》,另一位复旦同窗吴城君的《行色匆匆:欧亚美澳旅行见闻》,其中都有若干篇介绍访美经历的,告诉我将去的城市里,有哪些最值得一看的景点,以及旅行中的小故事。但对我最有帮助的还是我专程去官巷口新华书店买的一本 2012 年最新版的《美国地图册》,除了地图,还附有美国各州的人文历史地理知识介绍。很巧的是,正在我准备赴美探亲的前一个星期,在广州工作到退休的复旦老同学彭建安夫妇来杭旅游,在我家住了两天。他的儿子已移居美国,他曾几次赴美探亲,夫妇俩为我们介绍了许多亲身经历、注意事项,对我们也颇有帮助。

另一件事是物质准备,包括该给亲友们带些什么礼物,自己又需要带些什么行李,很让我们费了一些思考。

亲友们现在的生活条件都不错,听说我们两个老人要去看他们,都表示什么都不缺,只要我们能去,都非常欢迎。但我们远隔重洋,万里探亲,再是老人,也总不能两手空空。老伴炎琴为此费了不少心,跑了不少路。我们动身那天正好是谷雨日,新茶和笋干刚刚下来,我们带了一些最好的安吉白茶、西湖龙井、天目笋干,但体积和重量都不适合我们老年人多带。后来发现美国年轻一代都不习惯喝茶,而习惯饮用纯净水、咖啡等各种饮品。美国的食品非常丰富,超市里应有尽有。我们带去的礼品,最受欢迎的还是丝绸城买的丝巾、睡衣、拖鞋,以及字画、毛笔、邮品等。

大姐大姐夫高寿而体弱久病,但子女极为孝顺,我赠以篆书"寿而福"三字,他们都很高兴。后来我在一个外甥的书房里,看到了二十多年前送给姐夫的杭州都锦生丝织西湖全景,他们极为珍惜,至今仍高悬于客厅之上。有一外甥家挂有几幅字画,都是国内市场上购得,如果自己善于书画,能把自己的作品裱好带去,当然是最好的礼品。这次我还带去了一方歙砚和数支毛笔,这是外甥女和外甥女婿自己提出要的,原来他们都酷爱书法和绘画,且功底不薄。我专门在杭州新兴斋笔庄为他们选购。我们发现美国几乎家家都用地毯,高档拖鞋是最为适用的礼品,可惜我们带的太少了。

5. 我踏上了美利坚的土地

2012年4月24日,晨6时半,次子毛文和儿媳一起驾车送我们去上海。6时40分出发,9时半到达上海浦东机场。很快找到美联航的窗口,凭护照即办理了行李托运,定好座位。托运行李和安检比几年前我们去加拿大时要宽松、便捷得多,大概同那时离"9·11"事件不久有关。儿子媳妇和我们挥手告别,我们通关进入候机厅一共才半个小时。乘的是美联航858航班,747机型。原定12时10分起飞,起飞线上延误了一个小时,13时10分才起飞,但到达旧金山时间,预定7时51分,实际到达是8时15分,只延误了24分钟。

起飞时上海下雨,飞机穿过云层,即是晴空万里。约数小时即夜幕降临。关灯休息。飞机上先后供应了三次餐饮。乘务人员没有年轻空姐,全是中老年人,如在中国,有的该退休了。空姐中没有见有华人。乘客中,我们的前后左右却全是华人。白人很少。我后面的几位同胞小姐,似乎很兴奋,那时微信尚未普及,她们一直玩着游戏,高声谈笑,旁若无人。也有看书、看电视的。我们是24日中午离开上海的,在飞机上过了一夜,于24日上午抵达旧金山。我们飞越了国际日期变更线,时间之河也可以倒流,我们从今天(24日)下午回到了今天(仍是24日)上午。

　　窄窄的一个海峡,曾阻隔了我们几十年,如今,浩瀚的太平洋,却阻隔不了我们了。美国,我来了。

第二章 在硅谷的亲人家里

1. 大姐和她的儿孙们

我们终于来到了离我们祖国最近的美国城市旧金山。飞机上多半是我们的同胞。下机以后，我们随着人流很顺利地取了行李，看见外甥女长宁已经在机场出口等候我们。她和我们一一拥抱后，带我们上了她的汽车。旧金山机场在旧金山和硅谷的中间，长宁的家在硅谷，台湾来的华人，称它为矽谷。汽车要行驶一个多小时。一路上看到的都是平房或两层的独立屋，很少见到多层建筑，更看不到高楼大厦。我们经过一家华人超市，很大，也是平房。新鲜蔬菜、各种食品非常丰富。长宁带我们浏览一圈以后，就去买便当，就是我们国内的快餐。每份一个大塑料饭盒，有一二十种荤素菜肴，牛排猪排都有，任你自己挑选，主食也有多种，蛋炒饭、炒面、米饭尽量装，反正每份7.5美元。长宁买了两份，带回家，家里再做一点饭菜，中午五个老人、晚上全家八口人都没有吃完，还有的留到第二天吃。

大姐一家是我九个兄弟姐妹中受教育程度最高的一家。大姐和她的子女、孙辈，已多达二十多人。除了尚未成年的，都是博士硕士。

大姐一共有五个儿女。四个儿子都在美国南方各州：亚特兰大两个，新奥尔良和休斯敦各一个。长宁是大姐唯一的女儿，排行第三。长宁又有

大姐的子女在一起看祖宗家谱

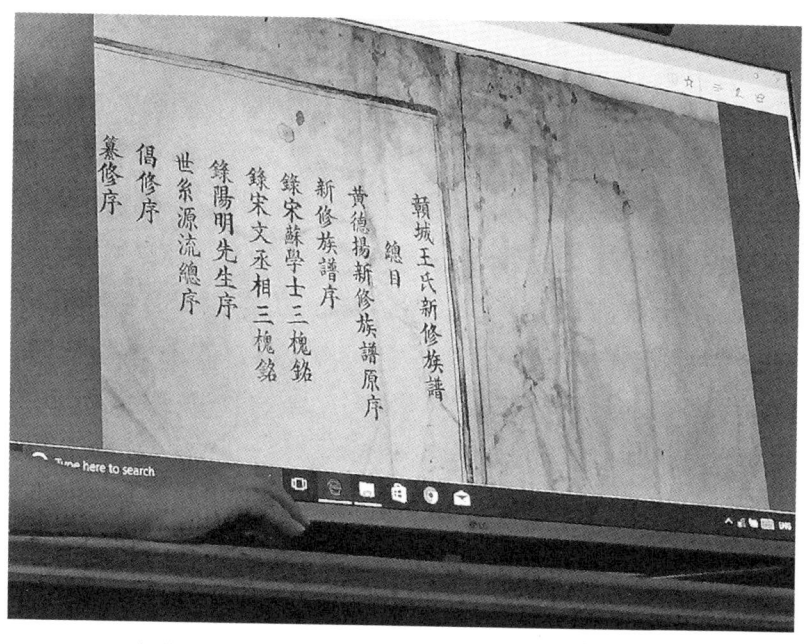

家谱一页。有苏东坡、文天祥、王阳明为他们家谱写的序

五个儿女。大儿子已经是医学博士,在奥克兰一家医院当外科医生,已经结婚成家。大女儿硕士毕业,在附近一所中学当老师,住在家里。还有三个孩子,两个是双胞胎,都在外读硕博,不住家里。平时家里,大姐大姐夫两口,她婆婆、她和她丈夫寿南,加上住在家里的大女儿,一共六口人,已经是一个大家庭。我们一来,八口人吃饭,没有请保姆,家务劳动之重,可想而知。大姐有四个儿子,却不住在儿子家里,偏偏住在唯一的女儿家里。三个九十左右的老人,两个六十左右的准老人,只有一个年轻人。一到假期,儿女们都回来,家里可热闹了。大姐和姐夫曾几次病危,在美南休斯敦、新奥尔良、亚特兰大工作的儿子们都赶了回来,都不住旅馆,一家人团聚在一起,虽然挤些,却充满亲情。

我们一到家,大姐非常高兴。笑着叫我的小名。声音很轻、很慢。头脑还非常清晰。听说前些日子她饮食不进,一度连儿子也不认识了。2005年,她离开杭州临平到硅谷长宁家定居养老。中风已经十多年,能活到现在,已是奇迹,总以为我们再也见不到了。所以,见了我有点激动,一再反复地说,"你真的来了"。姐夫也已经很衰老,毕竟已经是九十多岁的人,心脏还搭过几次桥。在家里走路也要用拐棍。我终于又见到了瘫痪多年的我的大姐,看到了几次去天国门口又回到人间的大姐夫——一位抗日的老军人。

2. 外甥女长宁

外甥女长宁,是大姐五个儿女中第一个去美国留学的。她去美国留学时,正是尼克松访华后不久。后来为抚养子女,她辞去工作。子女大了,为赡养父母公婆,她再没有继续工作。为子女、为老人,她做出了最大的牺牲。

长宁是我大姐五个孩子中唯一的女儿。我大姐和姐夫,虽然有四个儿子,晚年生活不能自理了以后,就同她住在一起。我们这次赴美探亲,就完全是通过她安排的,所以第一站也是到她们家。她从台湾来美留学,取得硕士学位,返台工作一年,又再次来美,取得第二个硕士学位,留美工作,移民美国。正是她,在 20 世纪 70 年代中,一到美国留学,就写信到大陆,按以前的地址,寻找已经失联了二十多年的亲人。因为学业优秀,她一直都在高科技尖端技术部门从事研究工作,后来因为子女多,她放弃工作,专事家务。待到子女长大,现在都已成博士硕士,她又要赡养老人,父母公婆四个老人都和她一起生活。公公前几年过世了,还有三个老人。我大姐是生活完全不能自理的老人,姐夫出门也都需要坐轮椅,婆婆最年轻,也已经 86 岁。她丈夫,我们的外甥女婿寿南还在上班。她的子女中老大已经成家,独立生活。老二硕士毕业后在当中学教师,还住在家里,他们的饮食都要一起打理。这样一个大家庭,没有请保姆,没有钟点工(过去请过菲佣,不满意,辞退了),全部家务都是她自己干,包括炊事员、采购员、驾驶员、护理员,丈夫和女儿下班后也会帮忙做许多家务。现在我们来探亲、旅游,她要为我们联系安排,还要亲自驾车来机场接送我们。她竟安排得井井有条,忙而不乱,我真佩服她的能干、她的高效。

3. 长宁的家

长宁的家,虽然只是两层楼,因为是错层,加上半地下室车库改装的大姐的卧室,有五房三厅。比我们后来去过的她的兄弟们的家来,她的房子一点也不比他们的好或大,但却是最贵的,十多年前买时,就花了 53 万美元,是他们兄弟姐妹住房中最贵的一幢,原因就是它在硅谷。

长宁家里全部铺有地毯,走路一点声音没有。长宁常常不穿拖鞋,就穿了袜子走。因为忙,她在家里常常是小跑步。半地下室原来是车库,改造后成为大姐的卧室。地面层是厨房、餐厅、客厅,一个小间是姐夫的卧室。一楼半是奶奶、儿女的卧室,二楼是长宁夫妇卧室。临时让给了我们住。全家大小六间卧室,11张床。这是人口最多的一个大家庭。听到我们到了,在地面层的姐夫,拄了拐杖,慢慢地走到了大姐房里,我们赶紧过去扶了他到大姐床边坐下,一起讲话。

下午4时,长宁的大女儿慧中下班回来。她曾经独自回过大陆探亲,来过我们在杭州的家。我们一起去玩过双溪漂流,去过鸬鸟老家,比较熟悉,见了格外亲热。她一回家就带了我去社区图书馆参观。社区图书馆非常漂亮,楼层不高,只有两层,但设施先进,藏书丰富,有很多读者在安静地看书,没有听到一点喧闹声,就像国内的高校图书馆。美国的公共图书馆网络非常发达,借阅图书非常方便,每个社区都有图书馆,互相联网,都可借可还。有宽敞的阅览室,可以坐在非常舒服的沙发上看书。慧中又还书又借书,一大摞书,全是自助操作。过了一会儿,长宁丈夫寿南也带着我老伴来了。他要为我们参加大峡谷四日游去交款。老伴怕太累,不想去,让我一个人跟了旅行团去。我也改变了以前的计划,毕竟世界上的景观是看不完的,同许多陌生人在一起,大部分时间又都在大巴上,没有多大意思。还是多在家里陪陪亲人叙叙旧,最多参加一两次附近的一日游。我也放弃了去大峡谷、拉斯维加斯、胡佛大坝的计划。后来我一直觉得,这是我这次赴美旅行中最正确的决定之一。

4. 长宁家的中国氛围

长宁家里,有浓浓的文化氛围和中国氛围。首先是对子女教育的重视。一到他们家,长宁就给我看一本《世界日报》刚刚出版的春季教育专刊。前面有美国排名前100位的名校介绍。她向我介绍他们兄妹和下一代儿女及侄甥辈上学的学校。几乎都在排名前50位的名校里,她一一都给我勾画出来,非常自豪。我现在都还保存着这本专刊。因为有两所全美的名校——

斯坦福和加州大学伯克利分校都离他们不远,她女儿和长宽的女儿都在伯克利读硕士和博士,她表示要带我们去参观这两所名校。

长宁家还有另一个特点,就是有浓浓的中国氛围。长宁的五个孩子,每个人的名字里都带有一个"中"字:冠中、慧中、耀中、怀中、祐中。尤其是在家里,三位老人都讲中文,长宁夫妇,还有小孩,也都讲中文。订的是中文报纸,看的电视是中文台,书架上多半是中文书,各种家具多是中式的,电冰箱、橱柜等上面还贴着中文名称——为了帮助孩子们学中文。他们要求小孩在家一定要讲中文,尽量写中文。老大冠中小时候,有一次在家里学做蛋糕,做了一半,有事要出去,他给妈妈留了一张纸条:"妈妈,我在坐蛋糕,不要收掉,回来我还要坐。"把"做"写成"坐"了。妈妈就帮他改过来。妈妈是他们的语文老师。写字条都要求用中文写。常常闹笑话。一次出去遛狗,写成"出去走狗了"。幼女祐中,喜欢中文的成语,家里到处都贴了中文成语。上中文学校,写作文,喜欢用成语,每次都得奖。这些孩子至今都有着随时学中文的好习惯。后来我们去参观加州大学伯克利分校时,老四怀中陪着我们,不断地给我们介绍学校的系科,以及一幢幢楼房的名称。其中有一幢楼,她说了个名称,我听了她介绍的功能,就告诉她,这在国内应该叫教务处,她非常虚心,立刻拿出一个小本子记下来。当时就让我非常感动,这么好学,这么谦虚。在他们家里,时时、处处都有一种中国氛围。

5. 长宁的儿女们

长宁有五个儿女,现在已经很少有这样多子女的家庭了。没有老人帮助抚养,没有请保姆,全是自己带大,而且他们夫妇俩都非常重视子女的教育,五个孩子都受到了最好的教育,非常不容易。

在半地下室的车库改建的大姐的大卧室,有四五十平方米,四周一圈上部,挂满了几十个奖牌奖状,在一楼客厅的橱柜里,陈列了许多奖杯和各种纪念品。都是儿女们获得的荣誉。只有一张奖状是长宁自己的,是加州的参议院颁发给她的。大姐的卧室里有一架钢琴。慧中每天下班回来,都会先到外婆的房间里,弹一曲钢琴给外婆听。知道舅婆(我老伴)喜欢唱歌,她一回来见我们都在她外婆卧室里,就问:"小舅婆喜欢什么曲子?"我们说,喜欢邓丽君。她就立即弹了《小城故事》和《月亮代表我的心》。接下来,又弹了一首她自己创作的曲子。这是她在高中时专为母校校庆创作的一首乐曲。她同她哥哥冠中,都曾经在教堂里担任过钢琴伴奏。五个孩子,四个都会弹钢琴,只有老四因为有关节炎,不能弹琴,便学吹黑管,每人都会一种乐器。

慧中不仅懂音乐,而且会画画。高中时,就在全加州西洋画比赛中得过第一名。因为规定已获奖的,下一次不能再参加,于是就改学国画,第二年,又取得国画比赛第二名。在二楼的卧室里,挂了许多他们的画。

五个孩子都学音乐,音乐会给人带来快乐。他们家里充满了快乐。

五个孩子最大和最小的,只相隔十岁,有一个时期,五个孩子同时在上中学和小学。分别在南湾五个不同的初中和小学上学,长宁白天有一半时间开车奔走在接送小孩的路上。现在,除了两个大的读完了硕士和博士,已经工作,小的三个也都分别在加州大学伯克利分校、哥伦比亚大学等全美最著名的大学读硕博。

大姐有五个儿女,五人中,老大和最小的两个各有两个子女,老二和老四都是一个女儿,只有中间这个女儿长宁,同大姐一样,也育有五个儿女,非常对称。我和长宁谈起孩子们就业的事情。据当时报载,有的大学生,毕业即失业,有一半人一时找不到工作。她说,她们家没有遇到过就业的困难。她自己20世纪70年代在美国硕士毕业后回台湾,那时很好找工作,一年后回美国,跟丈夫寿南一起再读第二个硕士,想争取奖学金,学校知道她以前的学历,让她当助教,免去学费。毕业后有双硕士学位,工作也很好找。以后生小孩,两次中断了工作,但原单位都保留她的工作。直到小孩多,无法再工作,自己放弃。因为子女多,又全是自己抚养,她做出了很大的牺牲,不仅辛苦,而且放弃了条件优越的工作岗位,在家里专门带孩子。大女儿慧中在美国大学硕士毕业,去台湾任中学教师一年,再回美国。美国的中学教师岗位竞争也很激烈,她在网上报了名,提供了相关资料,6月30日回美国,7月1日去面试,当天下午就接到通知,录用了。(2015年,她的二儿子哥伦比亚大学硕士毕业,回他外婆的故乡浙江杭州的一所双语学校任教,一年后回美国,也顺利找到工作岗位。)

长宁和她的儿女们的生活都非常朴实。大儿子博士毕业工作以后,出差去洛杉矶,第一次住在一家高级宾馆里,两个在加州西北大学上学的妹妹,在双休日,驾车七小时去哥哥住的宾馆里住了一宿,哥哥睡地铺,让两个乡巴佬妹妹开开眼界,增长见识。长宁和她的三个女儿,从来没有穿过高跟鞋,都穿平底鞋。不穿名牌衣服、鞋子,并非美国人个个都是富人。我又想起20世纪70年代,她刚去美国留学,自己靠奖学金生活,还几次节省下钱来寄给我们大陆亲人,虽然每次只有十美元,其爱心可见。那时美元还不能自由兑换,要换成外汇券到指定商店才能使用。那时一美元只换约1.5元人民币,但我这个大学毕业已二十年的大学老师,每月工资也仅几十元人民币。

6. 丈夫寿南

长宁的丈夫寿南,是台湾的客家人。以前见过一面,但不熟悉。2011年我们去台湾旅游,正巧他也在台湾探亲,为了和我们一聚,他在台北多待了两天。我们是跟旅行团参观的,那天他在台北故宫博物院门口等我们,一见到他,我们就从团里请假,跟了他参观。寿南兴趣广泛,知识面很广,他对台北故宫非常熟悉,给我们当导游,既参观了故宫,又增添了浓浓的亲情。这次来美之前,我们想带一点礼品给他们,事先征求他们的意见。他什么都不缺,只说希望得到一方歙砚和几支毛笔。正巧,我有一方歙砚,是我在中国传媒大学的老同学到黄山开会时收到的礼品,她转送给了我。毛笔则是杭州新兴斋的毛笔,近来很受书法界欢迎,我去购买了几支带给他。

令我大出意外的是,在我赠他歙砚时,他竟拿出了自己整理的剪报,其中有好几篇关于中国名砚的介绍。《中国人眼中的砚》,一组连载文章,还是1997年的剪报,已经15年了,他保存得非常好,马上找出来给我看。这样一个台湾土生土长的客家人,对砚的喜好、对砚的知识远超于我。他的剪报根据专题分类,他拿了三厚册贴片给我看,有叶嘉莹先生最近的长篇文章,报纸上连载三期,《物缘有尽,心谊长存》,记她和著名画家范曾的诗书画之交。叶嘉莹先生是著名华人学者,精于填词,写古体诗,有《迦陵诗词稿》行世。现住温哥华,"文革"后曾来北大讲学。(2016年叶女士获香港凤凰台主办的影响世界华人终身成就奖)寿南的兴趣非常广泛,他的书房里,中文书籍很多,中国台湾和大陆以及美国出版的都有,他的藏书,既有政治方面的,也有文学方面的。除了文学名著,还有许多当代名家的作品。王鼎钧的回忆录四部曲《昨天的云》《怒目少年》《关山夺路》《文学江湖》;张慧敏的《回家》(写台湾老兵回家的故事,在台湾、大陆两边出版,多家电视台争取改编权),黄仁宇的《大历史不会萎缩》和龙应台的系列。他还特别向我推荐齐邦媛教授的《巨流河》,王鼎钧、龙应台的作品我都读过,齐邦媛我还是初次听说。

他是学理工的,人文知识却这么渊博,让我汗颜。

寿南不仅知识渊博,兴趣广泛,后来从他的儿女口中知道,他的书法和绘画也都有很高的造诣。

寿南也已经是六十多岁的准老人了,但他每天六点钟就出门,为避免上班高峰时间堵车,宁可提前到,不愿把时间浪费在堵塞途中。女儿慧中也像她爸爸,8点上课,要求7点半到校,路上只要十分钟,她7点就出门,每天提前到校。

美国好像没有"免费的午餐"。在长宁家一个多星期,看寿南每天晚饭后就从剩下的饭菜里,用一个饭盒准备好第二天带的午餐。他是一个年逾六旬的高工、专家,仍天天如此。后来我们到亚特兰大,才知道在大学当教授的长宽也是如此。

7. 长宁家的后花园

长宁家的院子,既是花园、果园、菜园,又是鸟的乐园。院子约有250至300平方米,种了许多种果树,梨、桃、橘、柿、葡萄、柠檬等,许多香料植物、花卉、蔬菜、小葱、大葱,还有多种名贵花草、盆景等,有许多都插上了标牌,可见主人对植物的兴趣。为了改良土壤,长宁他们将原来的沙石土用筛子过筛,粗的小鹅卵石用来铺路,细沙子不断施肥,已改造成沃土。

在花园一角,隔了一个小间,张上了大网,有五六个立方米,养了许多鸟。只喂水喂食,让它们自由繁殖。我都认不出这些品种。寿南告诉我们,每只小鸟,市价20美元,他只卖3美元。网上打出广告,很快就卖完了。从朋友送他几只鸟,繁殖至今,已经卖出几百只,现在还有一百多只。唧唧喳喳,叫得挺欢。鸟语花香,清幽欢快。86岁的老奶奶,常常会来花园里,拿个小凳子坐着,帮着除草、整枝,花园里有干不完的活,而且其乐无穷。

寿南原先在新泽西洛克菲勒飞机公司做事,十多年前转到硅谷。一个高知,他的小花园,竟有这么多果树、花草、蔬菜、禽鸟,全是自己利用下班以后的业余时间打理。他还喜欢读书、看报、剪报、收集资料,喜欢画画、书法,可以想象,他的知识面有多广,兴趣有多广,人有多勤快,生活有多充实。

2016年,长宁和她的小女儿祐中回大陆探亲,长宁给我们看她手机里存着的自己画的画。祐中告诉我们,她爸爸的画,比她妈妈的还强,达到了专业画家的水平。只是他太忙,没有时间去画。

我们国内的亲友,业余时间最多的是打牌,能投入艺术爱好的是少数。长宁一家,人人都有艺术爱好,花园里种了那么多花草,养那么多小鸟,下班回家,个个都有自己的所爱和专长。后来我到了亚特兰大、新奥尔良、休斯敦、纽约,发现每个亲友家都是这样,爱学习、爱艺术,若说玩乐,最多的就是旅游,有的已经跑遍全球。家庭的氛围、父母的艺术爱好,培养并影响着下一代,不用唠叨,更不用打骂,去强制小孩的学习,小孩都从学习和艺术爱好中获得了快乐。

8.《世界日报》上的硅谷聋妈

在我来美探亲前几天,在当地的华文报纸《世界日报》"北美华人社区新闻"栏目里,刚刚刊出过一篇题为《硅谷"聋"妈》的文章,写的主人公C女士,就是长宁。文章写了她的许多感人的事迹。因为她的谦逊,不让写她的真姓名,而只用C代替。属虎的妈妈是虎妈,属龙的妈妈是龙妈。这年正好是龙年。长宁的五个儿女都非常优秀。有人说,龙妈妈生的是龙子龙孙,可是长宁却非常低调,她不愿意被称为"龙妈",宁可做"聋妈",听不见被人赞美,只做自己认为应该做的一切。儿女大了,能独立生活了,现在三个九十上下的老人和她生活在一起,她还是个孝女。

该文作者黄女士,已经成为长宁的朋友。知道我做客长宁家,还专程来看过我一次。4月30日下午她专程来访,她先生陪同前来。告诉我他们报社的编辑主任也是复旦新闻系的,大概是80年代后的,应该是我的系友。但我不认识,也没有把他的名字记下来。黄女士很谦逊,她的文章很多,写得很好。长宁问她为什么不结集出书,她说不愿意浪费大自然的资源和读者的时间。

　　长宁还有一位远房的姑姑,也在硅谷。听说我们从大陆来,又是知识分子,专程来看了我们两次。她父母都是西南联大的学生。1949年,她父亲去了台湾,她和母亲留在大陆。改革开放以后才来美国。如她的年龄,在大陆早已退休,每天跳跳广场舞。她来美国后,学会英语、学会驾车,非常能干,非常热情。现在还在替一个老板管家,她为自己现在还能挣一份不薄的工资而自豪。

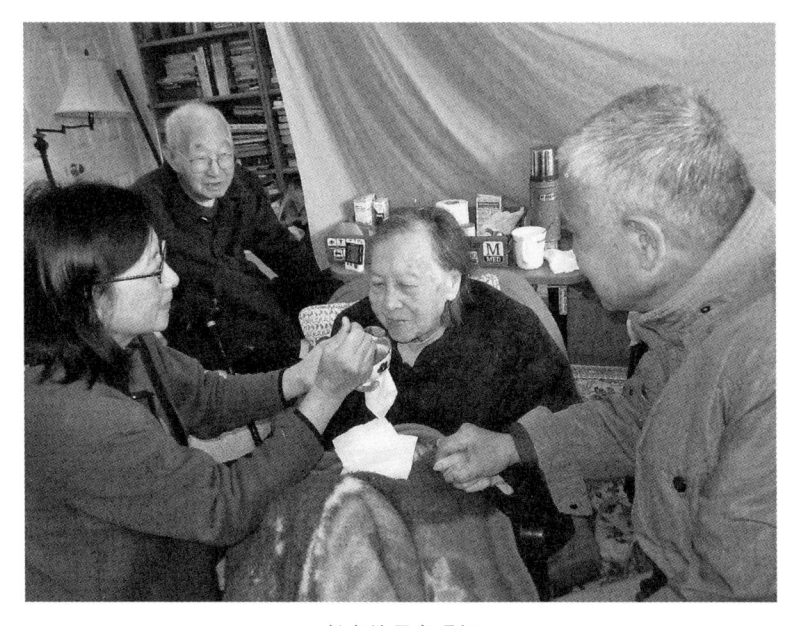

长宁给母亲喂饭

第三章　硅谷和圣弗朗西斯科湾

1. 海湾、奥克兰和硅谷

几十年来,旧金山、圣弗朗西斯科海湾、硅谷、圣荷西、奥克兰、苹果公司、加州大学伯克利分校、斯坦福大学等这些举世闻名的城市、大学、企业,早已经为国人所熟悉,但它们的具体位置,以及与旧金山的关系,我却一直朦朦胧胧,不完全弄得清楚。这次旅美,住在硅谷,这些地方都到了。它们都在圣弗朗西斯科海湾周边,我们几乎绕了海湾一大圈,大致弄清楚了旧金山和海湾的关系。旧金山是个半岛,东面是圣弗朗西斯科海湾,西面是浩瀚的太平洋。海湾是个西北东南走向的狭长的内海,可以把它比作我国青岛的胶州湾,它们连纬度也相近,一个在太平洋东岸,一个在太平洋西岸,隔洋遥遥相望。不过两个海湾形状不一样、走向不一样,圣弗朗西斯科湾出口更窄、面积更大,前面提及的这些城市、名校、企业,都在它的周边。硅谷就在它的最南边。而伯克利分校在海湾东北部,旧金山在海湾的西北部,金门大桥在它的西北端,与伯克利分校遥遥相对,远远可以望得见。绕海湾一圈要几小时车程,现在有多座海湾大桥东西相连,大概几十分钟就可以到达了。

2. 硅谷的公园

4月25日,星期三,多云。

今天是我们来到美国的第二天。

据说,硅谷的气候,是全美最好的地区之一。现在又是春天,最好的季节。室内只需要穿一件T恤,出门加一件夹克。我们起来时,寿南和慧中都已经上班去了,长宁的婆婆也去老年大学了,家里只剩下大姐、大姐夫、长宁和我们夫妇五个人。长宁要带我们去附近的玫瑰公园玩。长宁用她这辆七座的车,拉了我们和她父母两对老人,还带了轮椅。出门时,天气阴沉,还飘了几丝毛毛雨,我们又带上了雨伞、外套。玫瑰园离他们家很近,开车一二十分钟就到了。这时太阳竟渐渐出来了,天气非常好。硅谷的玫瑰园在美国也很有名,据说可以和白宫的玫瑰园媲美。但游人很少,也没有人收门票,可以自由出入。我们先把姐夫用轮椅推到园里的喷水池边坐好,又用轮椅去推大姐。两老一起晒晒太阳。大姐已经多日没有出门过了。他们俩都是去天堂门口报过到的,上帝让他们再回人间住几年。三月份,大姐已经多日不进食,医院嘱咐准备后事,两个儿子坐飞机赶回来,她已经不认识了。于是赶快购买墓地,预订了棺木,赶印了告别纪念相册,她偏又不去天堂了,听说我要来看她,她竟奇迹般又一天天好了起来。天天盼着我们来。今天我们陪了他们多时,大姐一再说没有想到我们真的会来看她,我们真的还能再见。

大姐夫2009年也曾一度心力衰竭,以为要走了,医生已放弃抢救,竟又渐渐好了起来。他们夫妇俩,每人每月有养老金650美元,因为移居美国时已经年老,没有为美国作过贡献,没有缴纳过税金,所以享受的是最低的养老金待遇。长宁的婆婆比他们要多200美元,因为她已经失偶。如果曾经工作过,向国家缴纳过税金,根据贡献大小、缴纳过的税金多少,还可以得到一份退休金。看来这规定还是相当合理的。

玫瑰园里游人不多。我们转了一圈,遇到两位女士,看似母女,像是华人。她们在照相,请我们帮助,互相询问,知道年轻的是在硅谷工作的,年长的是台湾来的一位中学老师。我们去跟长宁一说,长宁立即去找她们交谈,回来告诉我们,她们是师生,那位长者,是长宁在台湾读中学时母校的老师,虽然没有直接教过她,但还是觉得非常亲切。

我们还见到了两位白人老人在培育花木,长宁和他们交谈了几句,又告诉我们,他们是义工。公园的许多工作都是义工在做。专职的职工和管理人员很少。

在举世闻名的硅谷,这样美丽的公园,却仅仅碰到了几个游客,让我惊奇。也许这天是星期三,年轻人都要上班。双休日可能游人会多一些。但绝对不会有我们西湖边的游客那么多,这就是美国。

中午,我们从玫瑰园回来,长宁先到老年大学把婆婆接上,再到麦当劳买了四个汉堡包,我们四人在店堂里吃,大姐要回到家里,再等长宁做稀糊糊喂她。长宁实在太忙了,也真能干,而且任劳任怨,从不叫累。

下午,教会的三位姐妹来为大姐祷告,炎琴也在一旁听。教会姐妹走后,我去大姐身边陪坐,听长宁讲她几十年来的故事,她记得很多细节,讲得很生动。可惜我记不下来。

姐夫独自在他的小房间里,悄悄的,没有一点声音。我们很少见面交谈。他的心安静得很。

4月27日,多云到晴。

长宁带大姐、姐夫和我们一起去参观圣荷西新建的市政中心。这是一座全透明的圆顶玻璃建筑,如果事先预约,还可以请讲解员带领入内参观。

我们没有预约,只能在外面参观、拍照。我们用轮椅推着大姐夫转了一圈。大姐坐在汽车里。他们都没有来过,今天也是第一次来参观。

　　接着又去日本公园。阳光灿烂和煦,我们用轮椅分两次把大姐夫和大姐推到公园里。游人很少,非常安静。我没有去过日本,这是我第一次进日本公园。林木特别茂盛,修饰得很雅致,有小木桥、水池,与我们常见的中国公园的风格迥然不同。多低矮的木屋建筑。大门口遇见一少妇驾车在我们的车旁停下,取下一辆手推车,把两个小孩放在一辆推车上,推入公园里去。长宁对我们说:"以前我就是这样,两个双胞胎,我带他们去公园,就用一辆推车推一对儿女。现在,孩子大了,就照顾老人。"两位老人,要分两次推,今天有我们帮助,平时都是她一个人承担,可以想象她的辛苦。

　　长宁家,离苹果公司总部很近。一天长宁问我:"你知道世界上最伟大的是哪三个苹果吗?"没等我回答,她就接下去说:"伊甸园里被夏娃偷吃了

这里就是苹果公司

的苹果；苹果树上掉下来被牛顿看见的苹果；第三个就在我们这里。"她带我们去苹果公司。有好几个总部，都没有雄伟的大楼，一座普通的楼房，看不见大院和门卫。我们在标志前摄影留念。

3. 旧金山一日游

我们进入美国的第一个城市是旧金山。大旧金山地区包括环旧金山海湾沿岸的几个城市，如奥克兰、圣荷西等，媒体上常常见到，却分不太清。我的大姐跟着女儿住在圣荷西，也译作圣荷塞，又叫硅谷，台湾移民称它为矽谷。一个地方就有四个名字。在旧金山海湾的南边。海湾的东面就是世界著名的海港奥克兰。加州大学伯克利分校就在它旁边。它们隔海湾和旧金山市区遥遥相望，连金门大桥都可以看得清清楚楚。旧金山海湾呈狭长形，东西有好几座大桥相连。

旧金山又名三藩市，是我们中国人最熟悉的美国城市。不仅是因为它在太平洋东岸，离我们最近，还有一个原因是因为它是美国城市中唯一一个由华人按中文意义取的名字。别的城市都是译音。旧金山按英语音译叫圣弗朗西斯科，"三藩"是"圣弗朗西斯科"的快读。但中国人多叫它旧金山。当年这里发现了金矿，许多华人在这里采矿，称它为金山。后来澳洲发现了新的金矿，就称它为旧金山，好记好叫。习惯上都不叫它的英语音译名。

4月26日，我们到的第三天，长宁就安排我们参加华人旅行社组织的旧金山一日游。长宁一早把我们送到硅谷的集中地，交给导游兼司机。然后我们就跟了导游一起去旧金山。人们通常总是喜新厌旧的，旧的总不如新的好。也许会以为旧金山是一个古老、陈旧的城市。其实旧金山并不旧，美国建国至今也才二百多年，没有我们中国这样的古城。导游告诉我们，其实真正的金矿也离旧金山远着呢，离这里还有一百多英里。但因为这里是很好的海港，当年各地来的淘金者都从这里上岸，于是，人们也就把这里当成了金山。

旧金山由47个小山头组成，市内高高低低很不平坦，面积47平方英里，人口七十多万。有四分之一以上是华人，是全美华人占人口比例最高的城市，所以华人的影响很大，听说当时的市长也是华人。早期来的大都是广东人。唐人街不是很大，也许是导游只带我们到了一角，在斜坡上，有一个中国式的牌楼，上面有孙中山题的"天下为公"四个大字。不远处就是著名景点九曲花街。因为城建在山坡上，道路的坡度太大，只好将道路建成盘旋弯曲而上，两侧种满了鲜花。这倒使这一段路别具风味，成为旧金山一个著名的景点。

它最著名的旅游景点是金门大桥，是20世纪30年代的建筑，至今也不到百年，曾经创造过世界桥梁史上的许多个第一。大桥建在南北两个小山包上，长1.6英里，是座铁索吊桥，由两根钢索承担全部负荷。虽然现在我们国内和世界上的许多大桥，有许多已经比它更大更长，但它是一个历史的坐标。它的地理位置特别，窄窄的出口就是宽阔的海湾的大门，西面是浩瀚的太平洋，桥下可以自由进出十万吨级以上的巨轮和军舰，雄伟壮观。后来我们到海湾对面，在加州大学伯克利分校隔海也可以看到它的雄姿。站在桥头，在高高的小山包上，可以眺望城市和海湾的全景，让人流连忘返。

旧金山的另一个主要景点是金门公园。据说是美国市一级公园里最大的一个。里面树木茂密，绿草如茵，环境幽静。有许多艺术宫、自然博物馆，而且是一个汽车可以进入的森林公园。许多著名的电影如《侏罗纪公园》的外景就是在这里拍摄的。我们看到了罗马艺术宫，是仿古罗马的建筑，其实是1915年在这里举行万国博览会遗存下来的建筑，至今也还不到一百年历史。公园里还有一个白色建筑，形状有点像华盛顿的国会大厦，他们也称它为白宫。离白宫不远有一座雕像，是当年公园的设计者，表示对公园设计人员的敬重。

去美国旅游,我们总会想到纽约、想到联合国总部,但知道联合国是在旧金山成立的人,却并不一定很多。联合国成立时的签字大楼,就在今天旧金山的市政中心,距今也才半个多世纪。这就是它的古迹文物。在白人区的住宅,多是维多利亚时代的建筑,看去也并不老旧,比唐人街的建筑漂亮多了。

旧金山是一座建在山坡上的城市。我们后来去的美国南部和东北部的几个城市如亚特兰大、新奥尔良、休斯敦、奥斯汀、纽约、华盛顿,都在大平原上,只有它是一座山城。在双子峰上,可以鸟瞰它的全城,城市面向东方面向海湾,海湾对面就是奥克兰;而西边,就是太平洋,一望无际,隔洋,万里之外,那就是我的祖国。我想起了在杭城的玉皇山上,也曾鸟瞰过杭州的全景:一面是西湖和市区,一面是钱塘江。两相比较,一个是江南的秀丽风景,一个是世界的浩渺壮观,颇有"杏花春雨江南、野马秋风塞北"之感,壮美和秀美的强烈对比。

4. 蒙特利半岛游

这对我是完全陌生的太平洋东岸。

5月1日,长宁又为我们安排了一次华人旅行社的太平洋东岸十七英里海景一日游。第一个景点是蒙特利半岛。在美国独立以前,加州曾是西班牙的属地。在西班牙统治时期,这里曾经是加利福尼亚州的首府,现在还有当年海关的遗址,可以看到浩瀚的太平洋。

从硅谷出发,顺着高速公路南下,开始是在一片平缓的谷地中行驶,东西两边远处都是不高的山脉和我们蜿蜒平行,中间是平坦的谷地。有自然生长的树木,树的种类大小不一,不像是人造林。有的地方是大片绿色的草原。有一段路上,我们看到了美国现代化的大农业。这是我们这次美国自由行中唯一一次所见,但也仅是乘在旅游车上看看而已。一望无际的田野,种着大头白菜(包心菜)和大蒜。据说这里是美国这两种农产品的著名产地。全是自动喷灌,无数个喷头在不停地转动着给农作物浇水。点灌,一点水都不浪费。一个人也见不到。后来看到了一个飞机场,有几十架小飞机停着。农场太大了。农民驾驶小飞机到农场来上班,或外出办事,再从机场驾驶汽车回家。这个机场停着的据说都是私人飞机。

参观了老海关,又到了渔人码头,这是个小镇,停留两个小时,让游客用餐。据说这里有中餐馆,但是我们没有找到,只好买了两个面包充饥。

太平洋东岸十七英里海景游,其中有一个景点是鸟岛。旅行大巴把我们拉到鸟岛时大约在下午2点,有大小十几辆车的游客在观赏。鸟岛离海岸约有百米之遥,上面的鸟类星星点点依稀可见。背后是浩瀚的太平洋。岛不大,鸟群似乎也不太多,一眼望去,尽收眼底。也有几只胆大的,会飞到游人身边,有的游客喂它一点吃的,便任你逗玩,使你流连忘返。这景象让我想起了大西洋边加拿大东部的圣劳伦斯海湾。几年前我去加拿大蒙特利尔探亲,参加华人旅行社组织的加东三日游,到过加斯佩半岛上的鸟岛。它离大陆有几英里远,陆地上只能看见岛屿,根本看不见鸟。游人需要乘坐游轮,先绕岛环游一周,从船上仰望悬崖峭壁上密密麻麻栖息着的数以万计的鸟群,然而绕到岛屿的另一侧,那里有码头,几百个游客都可以登岛参观。在导游的引领下,步行半个多小时,我们才走近鸟群的栖息地。好大一片都是白色的海鸥,漂亮极了。有警戒线,不要越过,但我们可以任意摄像拍照。有些鸟儿距离我们只有几米,只要别大声喧哗,不要去惊扰它们,它们就非常友好地向游客们展示着它们美丽的身姿和平静安宁的生活。它们和我们人类相处得非常和谐。相比加斯佩半岛上的鸟岛,眼前这个鸟岛要小得多,鸟也少得多,但跟人类和谐相处都是一样的。

5. 在华人教堂里

4月29日,星期天。长宁要和她爸爸妈妈一起去教堂做礼拜,圣荷西有好几个华人教堂,这是离他们家最近的一个。大姐和姐夫中年起皈依基督,非常虔诚,每个礼拜都要去教堂。这次因为病得很重,已经几个月没有去了。我们也决定和他们一起去,参加他们的礼拜活动。姐夫告诉我,今天信徒要吃圣饼(生命饼),喝基督宝血(红葡萄酒代),可以洗一生罪恶,做新造人,得新生命。尚未受洗的,不吃不喝,可以自由交谈。

我们和长宁、寿南、大姐、姐夫一起,大约9点半钟到教堂。比起我们后来去的亚特兰大和休斯敦的华人教堂来,这个教堂是最小的,只是一间较大的平房。教友们和大姐夫妇都认识,因为几个月没有来了,大家今天见了他们都十分亲热,向他们问候。教堂里约有百人,四周围坐,大家一起唱圣歌,由一人提示某页,第几首,于是齐声同唱,唱完一首即有一人发表感言,约三五分钟,也不见是谁在主持,非常自觉,秩序井然。反复五六次,其间有人传递圣饼,每人掰一小片饼,小半勺红葡萄酒。不是教徒不分。约三四十分钟。

第二节,分成几个小组座谈。我们是第一次来参加的,分在一个组,有一位主讲人为我们讲神是什么,为什么信神。一起翻读一段《圣经》,然后听他讲信神的理由。约二三十分钟。

第三节,又合并大组,近百人在一起,听一位主讲人讲一段故事,一起唱一二首圣歌,接着再讲,都是耶稣救人于苦难之中的故事。耶稣是上帝的儿子,是上帝派他来救受苦受难的人,但他救不了自己,自己被钉死在十字架上。这是一个人们听了无数遍的故事,但大家都还是非常安静地听着主讲人在讲。

有一位年轻人用英语演讲,接着就有人把它翻译成汉语。先后有三个教徒谈自己信教的故事,都为了说明神的存在,说明自己为什么相信基督,相信上帝。

他们没有专职的牧师，完全是民间教会。

除了谈对神的感悟，他们同时也非常注重感情的交流，互相关怀互相帮助，就如自由结合的联谊组织。寿南为我介绍了一位上海籍的老人，沪江大学1953年毕业的，1979年来美国，已经83岁，刚动了膀胱癌的手术，恢复得很快。他们知道我是复旦的毕业生，便立即给我介绍了两位复旦毕业、在附近读博士的年轻人，因为时间匆忙，我们没有详细交谈。

时隔数年，后来我才知道，我青海师大的同事，北师大毕业的雷一宁老师，退休后也移民美国，定居在硅谷，也信了基督。但硅谷有好几个华人教堂，如果我早知道，一定可以一晤。遗憾的是雷一宁老师已经过世了，她的朋友们为她出版了一本纪念集《一个伟大的女性》。

6. 奥克兰一日

到达圣荷西的第五天，我和老伴加上大姐夫一起，三个老人由外甥女长宁驾车去奥克兰，长宁的儿子冠中在当地一家医院工作。冠中已经医学院博士毕业，刚结婚成家不久，住在奥克兰，姐夫也还没有去过他的新家。冠中几年前大学本科毕业时曾独自来大陆，到西安做过志愿者，到一些城市旅游过。也来过杭州我们家。我曾陪同他观赏过西湖，他非常喜欢美丽的西湖。他走到哪里都要拍照，曾拍摄了几百幅西湖的照片，要带回去给亲人们一起欣赏。我们都还记得那次他独自来杭州的寻亲之行。现在他已经结婚成家，是一个能独立工作、独立生活的年轻医生了。他是大姐第三代里的第一个博士、第一个结婚成家的，又是我们见过的，所以也很想去看看。因为是周末，长宁让女儿慧中在家照看大姐，自己驾车，带了姐夫和我们一共三个老人，去奥克兰的冠中家。准备再让冠中带了我们去参观加州大学伯克利分校，同时看看在那里学习的长宁的女儿怀中。

一路上，长宁拉了我们三个老人，先到奥克兰他儿子冠中家里，冠中夫妇已在等候我们。新婚的妻子是来自香港的女孩，在冠中家，这对刚刚开始工作的年轻人，小两口已经有了自己的住房，两层的连体别墅。有点像大陆的住宅，大概都是刚参加工作的年轻人居住的。刚参加工作就能买得起这样的住宅，大陆就除非有父母作后台资助，但他们却是自己按揭购买的。刚毕业开始工作的年轻人，只要你有稳定的工作，就可以自己按揭购买这样的房子，对国内的大学毕业生来说，应该是很令人羡慕的。接着冠中就接过了长宁的方向盘，驾车带我们到奥克兰海滨一家香港人开的东海酒家午餐。这里可以欣赏海滨风光，还可以远眺旧金山的金门大桥。午餐有点像广东人的早茶，全是精致的点心，数量不多，品种不少，几个老人，每种尝一尝，就饱了。

7. 探访名校

因为我出生于教师之家，父亲、兄嫂和两个姐姐、自己和妻子，还有大儿子，都终生从事教师生涯，对学校情有独钟。我的亲人和老同学们对教育也非常重视，对名校非常看重，在我来美的短短一个月里，他们先后陪同我们参观了多所名校，虽然这些名校并不像哈佛、耶鲁、麻省理工那么有名，但也属于美国排名靠前的大学。而且都有亲人陪同参观，亲人们同这些学校都有一定的关系，每次参观的角度、形式也都不同，各有特点，对于了解美国的教育制度、华人的教育理念，都有一定的启发，特记之与读者交流。

我毕业于20世纪50年代的复旦，我儿子毕业于20世纪80年代的浙大，在国内也属于名校。4月24日，我抵美的第一天，到圣荷西的外甥女长宁家。长宁有五个儿女，两个已大学毕业，参加工作。还有三个（有一对双胞胎)都在名校就读。大家都非常关心、熟悉美国的高校。我一到她家,长宁就给我一本刚刚出版的《世界日报》2012年春季教育专刊看。16开80页厚厚的一册。其中有美国高校前100名排名的学校,长宁把自己和哥哥弟弟以及大家的配偶和子女毕业或现在还在就读的学校都一一勾画出来,介绍给我。让我知道他们两代人都十分重视学校教育。后来我到纽约我的复旦老同学家,前年我去悉尼的老同学家,都感受到国外华人对教育的重视。我们在美国短短一月,先后参观过的高校有:加州大学伯克利分校、斯坦福大学、佐治亚理工学院、杜兰大学、赖斯大学、德州大学。陪同我们参观的亲人,有的是在读学生,在任教授,学生家长,对学校情况都比较熟悉。后面将分别作一简单介绍。

8. 美国的名校观念

从与亲友们的交流中,我知道了美国名校的一些情况,以及他们对名校的一些看法。在美国的许多名校里,今天的亚裔,除了华人外,还有很多日裔、印度裔等,比重也增加得很快。许多名校的亚裔学生已占到30%以上,但真正出类拔萃的当然无法达到这样大的比率,仍和一般大学相仿,只占1%—2%。但华人仍努力争取进入名校就读。名校有一个特点,都不用人家的教材。如我们中国的统编教材,目标、内容都一样,是一个模式,但美国的名校用的都是自编教材。如长宽在佐治亚理工学院的教材就都是他自己编写的,自编自教,在培养人才的竞争中,证明自己的才智、水平和能力。其实,我从长宁、长定、关新家的小孩,老同学何永昌对孙辈的培养教育中都看到,他们更重视对人品和能力的培养,根据孩子的兴趣和特长,培养他们做一个怎样的人,而不是死记硬背一些仅仅是为了应付考试,在实际生活中并不一定有用的知识,所以每个人都有自己的专长。

9. 参观名校之一：加州大学伯克利分校

去奥克兰那天，外甥女长宁的儿子冠中，在东海酒家用餐后，即带了我们一行六人——我和我老伴、长宁和她父亲、冠中和他夫人一起去加州大学伯克利分校。大姐夫已经92岁，身体不好，出门都要坐轮椅。伯克利分校，大姐夫也没有来过。这里有他的两个亲人正在就读，一个是长宽的女儿、他的孙女在读博士，一个是外孙女，即长宁的女儿在读本科。我们既是参观名校，又可以看望亲人，并由她们做参观的导游。我们先沿奥克兰海岸线向北行驶，左边是海，右边是缓缓的山坡，斜坡上有许多低矮的建筑物，逐渐多起来，没有高层大楼。约行半小时，不知何时，就已经进入了学校校区。我们先在一座学生公寓接上了长宁的女儿怀中，她在这里读本科，即将毕业，已经考取了美东的哥伦比亚大学，三周后便要去哥大读硕士。我们这次赶得巧，可以由她做我们参观的向导。长宽的女儿彝贞，在伯克利分校的劳伦斯国家实验室攻读核子物理的博士，前天去意大利做一项实验，人不在，我们没有见到。在怀中的指引下，我们很快来到伯克利分校的中心校区。这里有一条条小街，同我们国内常见的街区类似，都是两三层的楼房，学校没有国内大学那样的大门，不知不觉便已经到了学校中心区的自由广场。这里是学校里各种著名学生运动集会的中心广场。这天正遇上玛雅文化节，又是中午，非常热闹。有数百人身着玛雅人服装，赤足、头插羽毛，有的身上画了各种色彩鲜艳的图案，全是原始玛雅人的打扮，在跟着鼓声跳舞。一曲接一曲，鼓乐喧天。围观的人很多，气氛欢快热烈。

我们穿过广场，经过一座类似牌楼或校门的建筑，不是校门，因为在学校的区域内，在校园中间，过了这牌楼远远就可以望见伯克利分校的标志性建筑：伯克利钟楼。年轻人轮流推着坐轮椅的姐夫，到树荫底下，姐夫因为行动不便，就停下休息，我妻子也说有点累，不想多走，其实，她是想留下陪陪姐夫，他们两人就在树荫下休息。我们其余的都由怀中陪同参观校区。

这一带是各个系的教学楼群，怀中边走边向我们介绍。首先是语言学院，有英、西（班牙）、意（大利）、德、法、中、日等专业，它不叫外语学院，因为包括它自己的母语英语，所以称语言学院。很快我们就到了伯克利钟楼。楼高九层。有电梯可至七楼，最后两层需步行登顶！自己学生免票，游客需购票登楼。票价2美元。每层塔楼四周陈列的都是珍贵的校史纪念品。无特约平时不对外展出。顶上有63口大大小小的钟，不知道何时敲打发声。顶层是观景塔，可俯瞰学校全景。

伯克利分校建在一片平缓的山坡上。向东望，远处是美国国家核子研究所，据说有十几位诺贝尔奖得主在它的实验室里工作，时任美国能源部部长、华人诺贝尔奖得主朱棣文，曾经在此担任过研究所所长。长宽的女儿在读博的就是这个研究所。怀中在顶层塔楼上向我们一一指点一座座教学楼，什么系呀，体育中心啦……钟楼近旁是一片草坪，草坪上有几个人在玩飞盘。怀中告诉我们，草坪附近的几座建筑物都属于图书馆。其中有一座是中文图书馆，草坪下面都是空的，有通道把几座图书馆大楼连接在一起，不用出大楼，从地下就可以从这个楼去到另一个楼。

学校校区有多条小马路，都以诺贝尔奖得主名字命名。

怀中就在这里上学。她告诉我，近年来学校学生不断增加，"教授上课，都是几百人的大课，别说教授不认识我们，我们也不太认识教授，有助教分班辅导我们，我们只认识助教。"下塔楼后，怀中又专门陪同我走进他们的中文图书馆门厅里转了一圈，怕别人久等，就匆匆出来。冠中开车先把怀中送回她住的公寓，我们便开始回程。

有机会由在此学习的亲人陪同，引领参观这样的世界著名大学，也是十分难得的一次旅游。

10. 参观名校之二：斯坦福大学

世界著名的斯坦福大学坐落在硅谷。我们就住在硅谷，当然应该去参观一下，这是个好机会。

在我们抵美的第一个星期天，上午，长宁把她年老多病的父母连同我们一起，拉到附近的一个华人教堂里做礼拜。做完礼拜，她把父母亲送回家里，又来教会接我们一起去参观斯坦福大学。

斯坦福大学被公认为世界上最杰出的大学之一。它的企业管理研究所和法学院在美国是数一数二的，美国最高法院的九个大法官，有六个是从斯坦福大学的法学院毕业的。在全美大学研究生院排名中，斯坦福大学的工程学院和教育学院排名第二，商科研究生院与哈佛大学并列第一，其他名列前茅的课程还有心理学、大众传播、生物化学、经济学和戏剧等。长宁知道我对大学感兴趣，斯坦福位于海湾东南部，是离硅谷她们家最近的一所名校，她自然想到要带我去看一看。

斯坦福大学占地35平方公里，是美国面积第二大的大学。从长宁她们的教堂出来，不一会儿就到了，因为跟所有

斯坦福大学钟楼前

美国的大学一样,它没有围墙,没有门卫,长宁驾车沿着一条长长直直的椰林大道,也不知道什么时候就进入了大学的校园。正对着是一座教堂,教堂左侧就是学校的标志性建筑胡佛塔。这大概就是学校的校园中心了。中间是一个大草坪。太美了,这样宁静的校园。我想起了我们复旦相辉堂前的大草坪,在复旦是最大、最有名的了,比起这里的,真是小巫见大巫,而且这里见不到几个人。非常安静。我们在草坪上坐了片刻,拍了几幅照片,便想去胡佛塔里的胡佛博物馆(图书馆)看看。我们中国人都十分关注的《蒋介石日记》就保存在这里。据说遇到开放日,都可以自由查阅。但那天不是开放日,我们未能一睹为快。

斯坦福大学的校名,同美国许多私立大学一样,都是以捐款创办的人的名字命名的。斯坦福大学的捐款人斯坦福先生曾是加州州长和国会参议员,他经营铁路发了财,就用来捐款办大学。

斯坦福校园草坪上

第四章　林海中的亚特兰大

1. 告别硅谷

5月2日。一早起来,开始整理东西,与慧中告别,她要去上班,走得早。奶奶起来,与炎琴合影告别,长宁要送她去老人中心,也走得早。我们在家,最后陪大姐大姐夫一阵。大姐一再说,再看不到你们了。姐夫说,随时可以来。我知道恐怕我们再不会来了,但没有说出来。大姐老想哭。依依难舍。

长宁回来,送我们去旧金山机场。10点20分到机场。汽车停在三楼,再乘电梯到四楼,转乘小火车到候机楼。下到一楼,再转到三楼,我们根本搞不清。没有纸质机票,排队十多分钟,凭护照,登机号,扫描一下,就通过了。排队时遇到一位黑人小姐,也是去亚特兰大的,和我们是同一航班,在排队安检时,长宁就把我们托付给她,请她帮助引领我们登机。她因为家中还有两个老人,大家都不放心,要尽快回去。长宁事先已经为我们准备了一张纸条,用英语写着我们要去的地方,找什么人,联系电话等,还从网上下载了亚特兰大机场的地图,告诉我们亚特兰大机场是全美最大、最繁忙的机场。就急急忙忙和我们告别回去了。

后面的一切都很顺利,我们自己就找到登机舱口,找到座位。我们是14AB,每排6座,机型比上海到旧金山的波音747小得多。黑人小姐一直关心我们,看我们找到自己的座位,才去找她的座位。

2. 亚特兰大机场——美国最大最繁忙的机场

亚特兰大在美国的东南部,1996年这里举办过奥运会,被誉为"东方神鹿"的王军霞就是在那次奥运会上女子5000米夺冠,成为中国首位获得奥运会长跑金牌的运动员,而扬名天下的。但过去对我们许多同胞来说,亚特兰大却是一个比较陌生的美国城市。这次我们因为有两个外甥移民在这里,使我们有机会一睹这个淹没在林海中的美丽城市。

飞机在下午1时40分起飞,比原定时间晚了50分钟。这是我第一次乘坐美国的国内航班。后来知道,美国航班也常常不准时。晚上8点50分降落在亚特兰大机场,晚点20分钟。从美国西部到美国东南部,横穿整个美国。天气晴好。能见度极高。从飞机窗口可以清楚地看见飞机下面半空中飘过的朵朵白云。到三四点钟时,估计在美国中部上空,地面上的高速公路都可以看得非常清楚。横竖笔直,公路有宽窄,线条有粗细,大概是大平原,没有受自然地形的影响。地表植被有的很方正,虽然大小不一,但地边都是直线条,如补在衣服上的一块块补丁,像块百衲布。到东部地面是山区、森林,就看不到了。飞机上一个华人也没有遇到。坐在我身边的是一位身材高大、非常热情的白人。如何出机场,我想请他帮助。便告诉他,我是Chinese,他就用生硬的汉语说:"苏州?"我回答他:"No,是杭州。"我向他出示了长宁画的图和写下的对我们的帮助请求,他一看就明白了,示意我们跟他走。于是下机以后,我们就一路跟了他走。亚特兰大机场是全球最繁忙的机场之一,是美国东部空中枢纽。每天起降两千多架次飞机,平均每分钟起降两架次。比纽约多三倍。这是我以前根本不知道的。

大概因为这里在1996年举办过奥运会,机场和城市交通设施先进。候机楼秩序井然,无一点拥挤,也无喧闹声。我们先下到地下层,乘轻轨,约两分钟一趟,不拥挤,都有座位。乘五站,即到出口。上至一楼,到取行李处,很快就取上了行李。没有那位白人先生引领,我们自己完全不知道该怎样走出机场。远远我们望见两个外甥长宽长定兄弟已经等候在出口处。长宽我们没有见过,长定前几年曾带了全家到杭州来过,上个月他一个人到上海出差又刚刚来过我们家,所以我们已经比较熟悉,一眼就认出来了。我们高兴地互相拥抱。一面向这位为我们带路的陌生朋友致谢。等取了行李就跟了他们去巨大的停车场……没有人接,简直无法想象。他们接到我们后,第一件事情就是给长宁打电话报平安。

3. 长宽的家,博士之家

这是一个完全西化的家庭。

亚特兰大机场在城市南面,长宽和长定的家都在城市北面,要穿过整个市区。弟兄俩带我们浏览了夜幕中的市容。亚特兰大市中心有许多座庞然大物耸立地面,最高的据说有八十多层。有世界闻名的可口可乐总部,CNN总部,我们经过长宽任教的佐治亚理工学院。公路从学校的校园地下通过,据说对学校环境毫不影响。居民都住在城市四周,市中心无人居住,都是办公大楼、大企业的总部。我们穿城而过,公路通畅,没有一盏红灯,未停一分钟,到住宅区,旁边全是高大的乔木,汽车在树林中行驶,完全不像在大城市里。从机场到长宽家,汽车行驶了半个多小时。

长宽是大姐的第四个孩子,长宁的大弟弟。长宽的家,和这里所有的住宅区一样,完全不同于长宁他们硅谷的住宅区。别墅周边全是高大乔木,最多的是松树和柏树。就像住在森林里。一家一户大都是两层的别墅。我们的汽车直接开到车库里。长定的车也停在他的车库里,过了一会儿,长定就和我们告别,驾驶自己的车回去了。他家离长宽家有十几分钟车程。

从车库下车,进小门,就是一个小客厅,旁边是五六十平方米的大客厅。大客厅上面没有楼层,在二层楼的走廊上可以俯瞰客厅。整个建筑占地270平方米,加上二楼,非常宽敞。长宽的妻子端端已经在等着我们。客厅一边,有厨房兼餐厅,也有二三十平方米。二楼除了卧室,还有一间二十多平方米的小客厅。墙壁上都非常简洁。只有二楼客厅里挂着一幅巨大的西湖织锦图。他说是父母送给他的。记得20世纪80年代初,长宏刚从大陆移民去美国,我曾将一幅都锦生的西湖织锦图请他带给他的父母,大概就是这一幅。楼下客厅挂的是长宏画的大幅油画。长宏是很有成就的业余画家。

长宽家里是住得最宽敞的一家。两个大客厅、三间卧室、两个餐厅、专门的电脑室、储藏室。一共三口人,女儿现在在读博。平时只有夫妇俩在家,住着这么大的房子,舒适但有点冷清。长宽夫妇俩都是博士,女儿也在读博,一家三口即将全是博士了。2017年9月,女儿彝贞结婚,女婿又是博士。可谓真正的"博士家庭",是下一代里学历最高的一家。婚礼那天,长宽五兄妹和他们的下一代、二代表兄妹们三十余人,从全美多地前来,齐聚在佛罗里达迪士尼乐园,向新人祝贺。一家人已成十几个家庭了,依然亲情浓浓。

长宽家里的陈设完全是西化的。只有楼上客厅里挂着的西湖全景图,告诉我们母亲的家乡还时刻在他们的心里,还挂着一幅长宏画的油画,说明亲人在他们心中的地位。这次我们来亚特兰大以前,他们五个兄弟姐妹,只有长宽一家我们都没有见过,虽然他曾多次到大陆讲学、参加学术活动,但他从没有回我们杭州的老家来过。我原担心他是否会如其他几个外甥那样充满亲情。在长宽家的两天,他告诉我许多他父母的故事。他爸爸在抗战初期的一次战斗,也就是著名的昆仑关战役中,负过伤,住在前方的伤兵医院里,两次逃脱死神的魔掌:一次是他们的伤兵医院,突然遭遇日军袭击,他带伤转移,逃得一命。未逃出来的,全被鬼子杀害了;转移中,他过河落水,抓住了一根竹竿,才又一次保全了性命。父亲早年的战斗经历,他都记得清清楚楚,许多细节,他讲起来,绘声绘色,为父亲曾经是抗战老兵而感到自豪。讲起母亲,在少女时代曾经做过童养媳,如何反抗封建婚姻,一些细节,有的是我亲见,现在已经只有我是知情人了,而他也都知道。如有一次,大姐当童养媳时的婆婆拿青柴棍打她,她夺过青柴棍跑到外婆家责问外婆,"外婆,你给我找的这么好的婆家!"那时我们跟了妈妈都住在外婆家,她的婆家就是我们和外婆逃难住在那个山村里的房东,是外婆做主许配给这家做童养媳的,这是我亲眼目睹的事。后来大姐就跑到邻村她的奶妈家住,坚决不肯去那个婆家,等我父亲回来,才退了这门婚事。我听长宽叙说他妈妈早年的故事,感到非常亲切。知道他也是非常重亲情的。

在长宽家,才感觉到是在国外。电脑里没有中文软件,电视看的是英语频道,报纸是英语报。但在他的书架上,还是看到了几格中文书籍。都是台湾出版的繁体版文学书籍。有老舍的《骆驼祥子》、丁玲选集、李敖及柏杨的著作、沈从文小说选……我随手拿起一本林海音主编的《纯文学散文选集》,是林海音任该刊主编时发表的许多名家散文,里面有许多我们熟悉的台湾作家的作品。看来长宽还是个文学爱好者。他22岁来美国,今年58岁,来美已37年,还不忘自己祖国的文化。而且大陆作家和台湾作家的作品他都看。虽然他是核子医学专家,学的是理科,却对文学和艺术都很感兴趣,对中华文化非常热爱,我们虽然是第一次见面,立即互相感到充满了亲情。

4. 游览巨石公园

到亚特兰大的第二天,5月3日,长宽带我们参观巨石公园。这是在平原中突兀而起的一块花岗岩巨石,这块巨石长2000米,宽1000米,高500米,周围约八公里,顶部平坦,有数个足球场大,耸立在亚特兰大市区东部一二十公里处。说它是块石头,世界上哪有这么大的一块巨石?说它是山,没有斜坡,没有山峰,真是闻所未闻,从未见过。可以乘缆车登顶。那天我们到时,正遇到有数百名学生在老师带领下游览山顶上的地质公园,人多,要排长长的队。但缆车很大,一次可乘数十人,很快就轮到我们,排了一二十分钟,很有秩序。在缆车上可以看到巨石峭壁上的名人浮雕,一会儿就上到巨石顶部。顶部有一个数百平方米的休息大厅,有巨石形成的地质学知识介绍。学生是学校组织来这里上有关课程的,他们在听有关知识讲解。巨石的一角是打石场。开挖制作花岗岩石材。花岗岩石片是当地重要的建筑材料。居民住房都不用钢筋水泥,而用木柱、木梁,以木板为墙,外涂一层水泥,再砌一层砖或花岗岩石片,外观似石墙。实际内部都是木板房。

峭壁上的浮雕,是南北战争时南方军队著名将领杰克逊、南方军总司令罗伯特·李将军及南方联盟总统戴维斯三人骑马前进的像。南北战争时,为了人民的利益,最后南方军队放弃了抵抗,南部人民依然不忘记纪念他们。长宽说,夜间有灯光照射,骑马的李将军等人的浮雕会跃动起来,栩栩如生。他们是美国历史上南北战争中的失败者,美国人并不以成败论英雄,失败者并没有被全盘否定,避免了社会的对立。只要做过对国家和社会有益的事情,就会受到后人的尊敬。

在巨石顶上,可以向四周瞭望。四周平原都是郁郁葱葱的森林,向西可以远眺一二十公里外的市中心的高楼群,南侧巨石脚下可以望见有河湖环绕,湖上有游艇在荡漾,有大片的公园,公园里有安静的休憩处,也有水陆两用汽车,可以直接驶入湖中游览。公园里游人很少,非常幽静。

下午,长宽带我们去看他们的小区、他家附近的公园和豪宅。他们的小区,就相当于我们乡村里的一个自然村。共 17 户居民。四周全是森林。不像硅谷,门口就是整齐的街道。这里完全像一个小山村。他家门前有大片草坪,屋后又有很大的院子,也是草坪。没有种植硅谷家家都有的观赏花木。但草坪也需要养护。他用长长的皮管浇水。他说可以遥控操作,不在家里,也可以遥控浇水。他们周边都是高大的乔木,就像住在我们山村里的乡村居民。所以他们称亚特兰大为森林城市,我们真正感受到了。在巨石公园顶上看得最真切,居民的别墅都淹没在树林里,只见一片郁郁葱葱,只有几个高楼群才看得见楼房。

他们的豪宅,就是面积较大一些的别墅。没有小区门卫。那一带的别墅都比较大,有古堡式的,现代式的,有一座小白宫,外形仿照白宫的建筑。每座楼建筑面积都在1000平方米以上。外面空间不见得和普通住宅有多少区别,据说就是室内面积大。有一户在出售,门口有告示,广告纸上彩色精印着室内照片和联系电话等,售价99.99万美元,折合人民币六七百万元。比国内的高档别墅要便宜得多。

晚上,长宽带我们去一家美式快餐店用餐,即国内常见的自助餐。但几乎全是生的蔬菜。有几十种,调料有十几种,其余点心、熟食、汤类也有,与国内类似,每人七美元,外加10%小费,用刀叉勺子,完全是西式餐具。这是我们第一次真正吃洋快餐。

餐后长宽又带我们到附近的中国城去兜了一圈。中国城规模不大,历史也不久,只有几十家小店,有一个中国文化服务中心。我们没有停车入内,只乘车转了一圈。因为第二天他们夫妇都有课,晚上9时,把我们送到长定家里。

5. 长定的家

长定是大姐最小的儿子,也是最后一个从台湾移居美国的儿女。大姐夫妇在临平时,他们都还在台湾工作,一家四口曾经到杭州来过,去临平探望他们的父母,又到杭州看望我们。我的小儿子毛文和我们一起,陪同他们在杭州游览,登上过杭州的城隍山,一面眺望壮阔的钱塘江,一面俯瞰美丽的西子湖。因为全家人都来过杭州，我们都见过面，就感到特别亲切。

长定的大学本科是在美国读的。毕业后又回台湾工作了几年，对美国的情况比较熟悉，虽然最后一个来美，但找工作、安家都没有遇到什么困难。他也是一个虔诚的基督徒。因为他最小，结婚晚，两个小孩都还在上学。移民美国后，他选择了亚特兰大，这里环境好，房价比较便宜，又有长宽在，可以有个照应。他家也在亚特兰大城北，与长宽家相距十几分钟车程。也是树林中的一个小别墅。因为有一对儿女，家里就显得更有生气。两个工作，两个上学，虽然忙碌，却充满了温馨。在他们家，就是白天，也都有人陪同我们，可见他们是做了精心安排的。我们到亚特兰大的第二天晚上，长宽把我们送到长定家里，长定夫妇和小儿子都热情地欢迎我们。女儿仪芳下午去打工，还没有回来。几年前来杭州时还在读中学，现在已经是大学生了。她下午4点钟上班，要10点钟下班。两个孩子见了我们都非常亲热。

长定家的小别墅

周五晚上,长定一家带我们去亚特兰大华人教会,这里有"查经活动",也就是集体学习《圣经》,长宽夫妇也来了。小孩也去了。小孩在这里有小朋友,玩得很开心。长定家里,我们住了三天。长定还送了我一张碟片——他们五个兄妹中,他最小,也只有他们留下了婚礼纪念的碟片。这也是科技进步的结果。他们的婚礼是在新泽西的教堂里举行的。既隆重又节约。几个兄嫂和姐姐姐夫都来了。专程乘飞机来参加。前两年长宁的儿子冠中结婚,四个舅舅和舅妈都乘了飞机到硅谷去参加外甥的婚礼。每个人都非常重视婚礼。

6. 长定的女儿仪芳

5月4日,雨。这是我们来美国遇到的第一个下雨天。昨晚天气有点闷热,完全是夏天气候,我们只穿短袖T恤。今天则需要换长袖衣服了。

早晨我们起来,长定夫妇都上班去了。长定在一家公司当会计,兴芳去一所中文学校当义工,正逢下学期新生报名,不能请假。上班去,都自己带午餐。连长宽这样的资深教授也自己带午餐。在长宁家,长宁丈夫寿南是老工程师了,也每天自己带午餐,不带就上餐厅用餐。没有国内的工作餐。

我们起来后,仪芳在等我们,今天上午由她陪我们。她刚考完试,上午没事情,下午去打工。她告诉我们许多年轻人打工的知识。今天正好是她的生日。她同长宁的小女儿祐中是同一天生日,生她时父母还在台湾,还没有移民来美国。因为台湾的时区比美国要早,所以她是姐姐,祐中是妹妹。长宁是姐姐,生了个妹妹;长定是弟弟,生了个姐姐。

仪芳刚刚考入社区学院,毕业后可以直接升入大学本科三年级就读,学习会计和市场营销。她考入大学后,台湾的姨姨和父亲长定合送她一辆丰田车。17000美元,比我们国内的价格要便宜。汽车养护和汽油费要自己挣,每月约 150 美元。学费有奖学金,不用交。她现在每周学习三天。四个半天打工,每次工作五个小时,在一家美国人开的餐馆做接待。每次 50 美元,每周可以挣 200 美元。如果做服务生,端盘子,清洗餐桌,每天 15 美元,客人的小费归自己,不稳定。她选择在美国人开的餐馆打工,是为了更快地融入美国社会,大学毕业后可以找工作更方便些。(现在她已经大学毕业,因为有工作资历,找工作就比刚从学校毕业的有优势。)

这次我们来美国,见到了三个在读的大学生。长宁的女儿怀中,她陪同我们参观了她正在求学的加州大学伯克利分校。我们在一起只有一两个小时。一个是长宏的儿子仪君,在一起有半天时间,带我们去了他一个人独居的卧室,陪同我们参观了奥斯汀、德州大学和德州议会大厦。只有长定的女儿仪芳,我们在一起三天,她住在家里,每天自己开车去学校上课,我们天天见面,知道了许多美国大学生打工的细节。

中午,她带我们去一家日本餐厅用餐,也是自助餐,每人 10 美元。我们说,你还没有工作,由我们来付。她也不和我们客气,只说,这里由她付账,她有学生卡,刷卡有优惠。学生卡每月消费不能超过 1000 美元,可以返还 1%。嘱我们不要在店里给她钱,到家里再给她。到家后我们把钱给她,她就把钱交给了妈妈,非常懂事。虽然 1% 只是很小的数字,在国内我们现在的孩子们也不会去计较,但她却懂得能节约时应该节约。

7. 小学生仪光

弟弟仪光,非常懂事,又十分可爱。他在集邮,我赠他一版十二生肖纪念邮票。他属蛇,很快找到了自己的生肖,接着就找家里其他人的生肖,都找到了,很高兴。我又赠他一版《文明曙光》——良渚玉的邮折,他也很喜欢。五子棋、围棋和国际象棋,他都会下。但只要大人有事,就悄悄地自己在玩,看到我一个人时,他就会小声对我说:"舅公,你现在有时间吗?我想和你下棋好吗?"我和他下五子棋,他没有能赢我,要下围棋,我说费时太多,他提出下国际象棋,我说我不太会。他说他教我。非常天真。而且求胜的欲望非常强烈。他带我去他的房间里,看他自己做的玩具:用胶泥做的象、牛、魔鬼等。第二天,5月5日,我们去佐治亚理工学院,长宽陪我们参观他任教的学校,仪光也跟了我们一起去。他听不懂我们谈的那些内容,常常一个人自己玩。在校园里,他玩自己折叠的纸飞机,可以飞一二十米远。问他谁教他折叠的,他说自己在网上学的。因为孩子少,大部分时间都是自己一个人玩。第三天,我们一起去教堂里,大人做礼拜,一起来的孩子很多,我看到他和别的孩子们在一起,玩得非常开心。是的,我看到了美国的小学生:听话,懂事,但寂寞。教堂里的朋友多,是他们最快乐的地方。

8. 参观名校之三:佐治亚理工学院

5月5日,我们到亚特兰大的第四天,长定驾车带我们去佐治亚理工学院参观。佐治亚理工学院是全美最著名的理工学院之一,在公立学校中名列前茅,尤其是它的航天工程、核物理和机械工程等专业,在全美乃至全世界都很有影响。美国的太空人有三分之一以上出自该校。该校共有两万多学生。

学校在亚特兰大市中心。长宽就在这里的核医学系任教。正值学期结束,上午他刚改完学生试卷,下午即陪同我们参观该校。长宽先引导我们在校园里驾车绕行一圈。1996年举行的亚特兰大奥运会的跳水和游泳馆就在他们校内,现在是他们学校的室内体育馆。学校有学生的休息和生活区,一会儿长宽就带我们到了他的办公室小坐。每个教授都有自己单人的办公室。面积不大,十几个平方米。非常安静,在一座独立的办公楼三楼。底楼有新安装的粒子加速器,设备先进。因为已经放假,我们没有遇见什么人。也没有大门,没有门卫。长宽向我们介绍了学校教学和学生学习方面的一些情况,因为我也是在高校工作的,所以他介绍得比较具体、详细。作为州立学校,只有本州学生才能享受公费,即学费由州政府拨付,外国学生和外州的学生都不能享受。美国的高等教育,宽进严出,通过考试,选优汰劣。第一年就可能淘汰三分之一。每个教授都必须亲自授课,学生听课则是自由的,可听可不听,只要你考试能通过,不听课也可以。但学费照收。

有85号高速公路从校园的地下通过,校园在高速公路上面,但非常安静,隔音设施先进,校园里绿化得很好,就同普通的大学校园一样,你完全感觉不到底下有汽车川流不息地通过。我们就觉得是在安静的校园里漫步。

在学生活动中心门口,是一片数百平方米的大树林,郁郁葱葱,其实只有几棵树,都是百年以上的古木,伸展笼罩形成一大片林荫。大树后面就是全球闻名的可口可乐总部。在学校附近还有可口可乐博物馆、奥林匹克纪念公园,CNN(美国有线电视网)总部,它们都在亚特兰大市中心附近。我们来的那天长宽长定到机场接我们,机场在城市南部,他们家住在城北,穿过市中心,就是从学校校区穿过的。但是在地下隧道穿过,地面上是大学,我却一点感觉也没有。

长宽是佐治亚理工学院的终身教授,从事核子工程和核医学的研究与教学。他毕业于台湾的清华大学,是美国俄亥俄大学的博士,后来佐治亚理工学院招聘教师,126个人竞聘一个教职,他胜出了。校长找他谈话,问他有何感想。他说,当年读书时我考你们这所学校,没有被录取,现在,学校聘请我来当教授,我当然非常高兴。佐治亚理工学院是全美最大的理工学院,在理工类大学中,排名全美前五名。能来这里担任终身教授,是很值得自豪的。近年来中国留学生增加得很快，全校已超过了1000人。它在国外有多所分校，都是与当地大学合办的。上海分校设在上海交大，是与上海交大合办的。学校的强项是机械专业和太空航天专业。美国的太空人、宇航员、太空工程技术专家大都从这里培养。据说美国有上千的太空人，这里是主要的培训基地。

长宽的专业是核辐射控制工程及其医学应用。他已经带出十几个博士。是否招博士生，看教授能否争取到科研经费。学生的奖学金，也要从科研经费中开支。他曾经多次去祖国大陆参加教学和学术活动。长宽担任两门课程，有学生五十多人，平时上课只有三十余人。凭成绩取得学历。教师的水平，主要表现在自己编写的教材上。不像国内，许多课程都采用全国统编教材。作为终身教授，教材都是自己编写的。工作稳定，不用老去找工作。但每年只发九个月工资。假期很长，可以自己支配。

亚特兰大还是马丁·路德·金的故乡。他出生于亚特兰大一个帮佣的家庭，最后成为美国最有影响的黑人领袖。这里也是卡特总统的家乡。是卡特担任总统的任上，和新中国建立了外交关系。2014年中美建交35周年，《人民日报》驻北美记者采访卡特前总统，回忆建交谈判往事。卡特说，建交前夕，有一天凌晨3时，他的一个顾问从北京打来电话，说他正和邓小平先生在一起，邓问他想派五千中国学生到美国留学，问美国是否能够接受？卡特回答，"我们可以接受十万名留学生。"几天后中美两国正式建交。现在在美国的中国留学生已经远远超过十万人。仅亚特兰大的佐治亚理工学院一所大学，中国留学生就超过千人。卡特总统任职时间不长，但他是一位在中美关系发展史上有贡献的美国总统。我们对他并不陌生。听说亚特兰大还有一条卡特大道，卡特总统退休以后，就住在自己的家乡，长宽告诉我，有时在马路上散步，说不定就能碰到这位前总统。

9. 告别亚特兰大

5月6日,星期日,晴。

亚特兰大离新奥尔良不远,飞机要在傍晚才起飞。上午整理行装。约11时,长定一家和我们一起,先去华人教堂里做礼拜。可容五六百人的大厅,比我们在硅谷去过的那个华人教堂要大得多。因为来做礼拜的人太多,容纳不下,所以要分批做。上午就有三场。我们是第三场,约一个半小时。年轻人还常常在这里举行婚礼。信徒中据说博士就有上百人,硕士以上学历的占四分之三。

长定还在上小学的儿子,特别喜欢到教堂里来,这里有许多和他一般大小的孩子,大人做礼拜,小孩就一起玩耍。我们一起在教会里午餐。亚特兰大的华人增加得很快,据说现在中餐馆就有四五百家之多。

3时半动身去机场。长定全家四人都去机场送我们。小妞仪芳今天休息,没有去打工,也去机场送我们。先去长宽家接长宽。因为车只有七个座,长定一家四个,我们两个,加长宽,已经七个人,所以长宽的夫人端端没有去。七个人好热闹,来了已经五天了,日子过得好快。真有些依依不舍。他们两家六个人,都是上班族,每天都有人陪我们,已经很不容易。

汽车穿城而过,经亚特兰大市中心,CNN总部、可口可乐总部、长宽任教的佐治亚理工学院,从亚特兰大的东北部到城南的机场,车行约一小时。没有一盏红灯,一路通畅。亚特兰大机场果然大,跑道上有五六架飞机正在同时滑行,准备起飞或刚刚降落。机场从A到E共有五个候机区,我们是C区6号登机门。C区共有52个登机门。我推算,全机场应有几百个登机门。长定说,每分钟平均有两架飞机起飞。后来我在飞机滑行时看到同时在起降的就有两三架飞机,在滑行的更多。我相信它的确是全球最繁忙的机场之一。5月2日来时,因为天已经黑了,没有看清整个机场面貌,现在一看,的确比旧金山机场要大得多。如此规模,却不显得拥挤、杂乱,而是很安静。飞机5点55分起飞,我们4点30分到机场,还早,又在一起坐了二十多分钟聊天,才让我们排队过安检门。长定的夫人兴芳一直目送我们进安检门到看不见了为止,依依不舍,亲情之浓,至今不忘。

第五章　在密西西比河畔

1. 从亚特兰大到新奥尔良

飞机准时起飞，预计飞行一个半小时，结果提前十分钟到达。天已经黑了。新奥尔良机场很小，仅几分钟就到了机场出口，看见长安、祖忆已经在等候我们。七年没有见了，都已经是准老人了，但都很精神。一上车，立即给长定拨打电话通报平安到达。

去家的路上，炎琴和祖忆坐在后座，不停地交谈，我坐在副驾驶座位上，长安一路上向我介绍2005年举世震惊的水灾。公路两边都是当年洪水淹没的地方，如今还有迹可寻。路过的一家医院、一家超市都还空置着，但四周的树木已经郁郁葱葱。要是没有人介绍，完全看不出几年前这里曾经经历过史上空前的大水灾。据说死了上千人，当年决堤的运河，现已废弃不用。

2. 历史名城——新奥尔良

新奥尔良，也常常译作纽奥尔良。过去我只知道新奥尔良是一座濒临墨西哥湾、地处密西西比河出海口、石油工业发达的城市。这里曾经因为

2005年的一次飓风，淹没了半个城市，近年又因为墨西哥湾的漏油事件，使新奥尔良闻名世界。我的一位外甥，是海洋工程和造船专家，他移民定居在这里，使我有机会认识一下这个陌生而又充满魅力的城市。

我的二外甥长安刚刚退休不久，每天驾车为我们导游。他在新奥尔良已经三十多年，对城市非常熟悉。市中心有许多幢大楼，有的他曾在里面上过班，介绍起来充满了感情。他对新奥尔良的历史、自然环境，都可以如数家珍，介绍得头头是道，让我长了许多知识。

因为新奥尔良的华人较少，国内对它的介绍也较少。它曾经是美国历史上最大的城市，是全美最大的港口。这真让我有点难以置信。原来密西西比河下游河道非常弯曲，流向不定，但水流平缓，河床很深。就在路州（新奥尔良在路易斯安那州）境内这一段，它东南西北的流向都有，形成了几百里的深水良港。十万吨级的巨轮和航母，都可以驶入市区。我们就亲见了一艘十万吨级的巨轮缓缓驶过。地图上看它已经靠海边，但实际上离密西西比河出海口还有几百里。它是历史名城，留下了许多历史古迹。

这里的少数民族中黑人和墨西哥人比例较大，亚裔、华人并不很多。虽然它同墨西哥并不接壤，但毕竟离得较近。黑人占居民人口的三分之一，大概同原先曾是法国的殖民地有关，所以法国风味很浓。

3. 我的二外甥长安

长安排行老二，以前我只见过一次，大姐夫妇在临平购房定居时，他和他妻子祖忆一起来杭州看望他父母，我们见过一面，时间很短，印象不深。这次我们到新奥尔良住了五天，他整整陪了我们五天，给我留下了很深的印象。

长安的模样是四个外甥里最好记的一个：脸上眉角有一块又红又大的胎记，跟谁也不会混淆认错。但这次给我印象最深的，却是他的能干和知识的广博,特别是他的动手能力。他刚刚退休,时间全部可以自己安排。他是外甥里经济条件最好的一个。因为全家三个人都在工作,都有收入,没有一个需要他抚养、负担的人。但是2005年那场飓风——美国历史上空前的风灾,令他们的房屋被洪水淹没、浸泡了几个月之久,夫妻俩驾驶着汽车,带了一些贵重物品逃离了这个家,到邻近的休斯敦去住了几个月。洪水退去后,他回来了,重新收拾这个家。现在我们丝毫看不出这里曾经被洪水淹没过,而且水深达两米,时间达数月。他给我们看当年洪水的照片。这是一场震惊世界的自然灾害,新奥尔良半个城市都被水淹没了,许多市民都是开了车逃离了自己的家。2007年长安回来,重新翻修房屋,安装水电设施,重新铺设地砖……从设计到施工,泥工、木工、电工、管道工,全部是他自己干的,他的动手能力非常强。长安给我看照片,自豪地告诉我,家里所有的家具,桌凳、书柜、壁橱、地板等,都是他自己做的。我对他的动手能力表示惊讶,他却很轻松地说:"我连航母、海上石油平台都能建造,这些东西有那么难吗?"大有小菜一碟的味道。长安本科学的是船舶建造,研究生学的是海洋工程,"密西西比河上的多艘游轮是我参与设计的。"所以家里遭遇洪水侵袭过后,重建家园的一切都是由他自己负责。种植蔬果、搭建棚架,也全是他自己动手。他是工程师?是农民?是花匠?工人?什么工人?他好像什么都会,是个万能劳动者。

4. 长安的家

  一个被洪水淹没了几个月的家,他用自己的双手重建。家里的家具都出自他自己之手。两间车库成了他的木工房。他既是专家,又是技工;是白领,也是蓝领。打工时他曾周游世界,定居新奥尔良后,他精心建设自己的家园。

经历过 2005 年洪水浸泡的房屋,已经整修一新。很漂亮,两层的别墅。丝毫没有洪水浸泡过的痕迹。门前的草坪不大,比不上亚特兰大他两个弟弟家的大,紧挨着社区的马路。屋后的院子却有二三百平方米大。种有梨、柿、橘、枇杷、无花果、金橘、木瓜等许多种水果,有的正结满果实,还种有韭菜、西红柿、青菜、黄瓜、丝瓜等多种蔬菜,有鲜花、有草坪。这里像果园,又不像果园,因为每一种果树都只有一两棵。童年,在我的故乡杭州余杭的乡间,在我们家的院子里,父亲也栽有多种果树,但比不上长安后花园的品种多。菜园也一样,品种很多,数量又很少,同果树一样,他不是为市场需求,而是为自己食用而种植。他为我们展示各种电动工具:电动吹风机(清扫落叶)、电动除草机、自动浇水机,为我们表演在花园里除草、浇水,带我们参观他的木工房,可以锯、截各种木材制作各种形状的产品的一二十种不同用途的电锯,让我开了眼界。国内的专业木工可能也没有他的多。

长安来美国后,做过临时工、杂工、餐馆服务员,会电工、木工、管道工、机械工,自己家还有备用的发电机。

看了他的家,我完全理解了他在经历了美国历史上最惨烈的风灾,他的住房被洪水浸泡了几个月以后,他为何还是钟情这里,不想离开他工作了三四十年的新奥尔良。他的别墅、他的花园都太美了。

室内,客厅里,房间里,都挂有中国画、书法作品。在给我们准备的卧室里,桌上放着他为我们准备的书面接待计划:哪天游览哪里,到哪家餐馆用餐,或者自己做什么饮食款待我们……都列了计划,而且打印出来。还为我们准备了两个本子、两支笔。想得真周到。就像是要接待哪个代表团的来访一样。

很快祖忆就已经做了丰盛的晚餐,有中式炒菜、油煎韭菜合子等,味美可口。

5. 长安的太太祖忆

长安的太太姓虞,名祖忆。父亲虞世昌是著名学者,浙江海宁人。毕业于民国时期杭州的之江大学。傅斯年任台大校长时邀请他去台大任教。他的嘉兴同乡朱生豪英年早逝,所译《莎士比亚全集》未能译完,其历史剧部分,就是虞世昌先生赴台后续完的。虞先生担任过台大外语系主任,是著名学者、翻译家。朱、虞合译的《莎士比亚全集》,是莎氏数种中文译本中最著名的一部。虞世昌先生于1984年去世。祖忆还有个哥哥,是上海交大的教授。前些年她父亲百岁冥诞,在他的家乡浙江海宁举行过隆重的纪念,祖忆和长安曾应邀一起回家乡参加纪念活动。

祖忆毕业于台湾辅仁大学家政系。毕业后即留校当助教。在当助教时,就和同事合作,编写过一本中西名菜谱,成为当年的畅销书。以前听长宁说,他们兄弟姐妹中,祖忆最会做菜。这次不仅是亲尝,还知道了原来她是家政系毕业,又当过家政系的教师,还是中西名菜谱的作者,不仅是烹饪能手,还是烹饪畅销书的作者。她为我们准备了每天不同的中西饭菜,还打印出相关资料。她来美以后,学的是电脑专业,一直从事电脑分析师的工作。她是还在上班的准老人,却如年轻人一样富有活力。在国内,女的比男的退休得早,像她的年龄,早就每天在跳广场舞了,她却还在上班。祖忆对我们非常亲切热情,让我们常常回忆怀念。在我们回国以后,长安为我们制作了一本非常精致的相册:《小舅小舅妈美国行》,邮寄给我们留作纪念。

听说他们的女儿能讲流利的中国话,但汉字仅会写自己的名字。她是下一代里我们没有见过的两人之一。另一个是长宽的女儿,在伯克利读博的那一位,我们去伯克利参观时和她失之交臂。

6. 新奥尔良——美南最著名的旅游城市

5月7日。到新奥尔良的第二天，祖忆要去上班，她60岁了，还没有退休。长安已经退休，可以整天陪同我们游览。这里何时退休，视各人的具体情况而定，不是一刀切。每个人都可以根据自己的情况来选择什么时候退休。

今天按计划，长安带我们去新奥尔良市区游览。

我们先去参观杰斐逊广场。这里有许多同杰斐逊有关的遗址，短暂的美国历史中，杰斐逊占有辉煌的一页。

这里有许多新奥尔良的标志性建筑。杰斐逊广场为纪念杰斐逊命名，广场上有杰斐逊骑在马上的雕塑。他是美国第二次独立战争时的司令，战胜了英国，后来成为美国的第三任总统。现在20元美钞上的头像就是杰斐逊。新奥尔良最早是法国殖民地，因此留有许多带有法兰西印记的遗址。这里有路易十四时代断头台的遗址，在遗址上后来建造了一座大教堂。两侧是两幢大楼，是当年美国从法国手中以1500万美元买下美国中南部路易斯安那等十三州时签约的地方。现在成为博物馆。

杰斐逊是美国《独立宣言》的起草人。1945年的《新华日报》上，专门发过一篇社论《纪念杰斐逊先生》，给他以很高的评价。没有想到会在这里看到他的铜像，看到以他的名字命名的广场。这位美国历史上和华盛顿、林肯齐名的总统，为美国民主制度的建立，作出过重要贡献。他是美国历史上的第三任总统，在担任总统前曾经担任过弗吉尼亚州州长。为什么在这里受到特别的纪念？原来美国从法国手中以极低价格购得路易斯安那州的法国殖民地，就是在他的总统任上，使美国的国土面积几乎增加了一倍。长安指给我们看当年签字的大楼，现在已成旅游景点，大楼前是杰斐逊广场。杰斐逊铜像就在杰斐逊广场里。就是这个杰斐逊,他还提出过,人们避免被政客愚弄的最好办法就是创办公共图书馆,让人民受教育,人人可以免费使用公共图书馆。杰斐逊死后,将自己的全部藏书都捐赠给公共图书馆……凡是对国家、对社会作出过杰出贡献的人,都会受到后人的纪念。

在杰斐逊广场附近有当年法国人建的街区,都是法国风格。

广场旁边有几幢公寓楼。长安向我们介绍,这是美国最早的公寓楼,是现代公寓的祖先。广场旁边停着一行18世纪的老式马车,游客可以乘坐体验18世纪的旅游风味。

长安一面带我们游览,一面告诉我们许多常识和小故事。他问我,英语son是什么意思?我回答他,"是儿子,对吗?"

"那么,约翰逊呢?杰斐逊呢?"我真没有想过,这些最常见的英美的人名同son有什么关系。他告诉我,"英国人、美国人叫什么逊的非常多,譬如约翰逊、安德逊、汤姆逊、杰克逊等,就是约翰家、汤姆家、安德家、杰克家的儿子",我恍然大悟,这倒好记。

他又问我,知道money是什么意思吗?我说记不太清楚,好像是货币、纸币之类吧。他告诉我,它可以组成许多词组,像old money可以直译是老钱,又可以引申为老街坊、老财主;new money直译为新钱,又可以引申为新移民、新财主。

同长安在一起,非常愉快,还能学到很多知识。

接着他又给我讲了一个小布什的笑话。小布什当总统时,一次去养老院视察。他想作为总统,全国大概人人都认识他。我这个总统到你们养老院里来看望你们,你们应该非常激动、热烈欢迎吧。他问一位老媪,"你知道我是谁吗?"养老院里许多人,什么事情也不做,有些人连自己是谁也记不清楚了,这位老妇人以为布什也搞不清自己是谁了,就告诉他,"你去问那个管理员吧,她会告诉你你是谁。"弄得小布什十分尴尬,陪同的人哭笑不得。

广场附近还有圣女贞德的雕塑,据说是法国送给这个城市的礼物。这里有很多18、19世纪的法式建筑,都是属于重点保护的古建筑了。停了许多18世纪的马车,在兜揽顾客乘坐。整条街都是法国区,游客很多,大都是美国的国内游客。咖啡店前排着长长的队,黑人占一多半,其次为墨西哥人,很少见到华人。我想起了加拿大的魁北克,也是加拿大那个英联邦国家的法语区,保留着许多当年法国殖民地的痕迹。新奥尔良曾经是全美最大的城市,是一座历史名城、旅游名城,杰斐逊广场附近就是它的历史街区。长安对这个城市非常熟悉,他一路走,一路给我们介绍。在市中心,好几座大楼里,他都曾经工作过。他一路上告诉我们:这座楼里我工作过几年,那座楼里我工作过几年。言语之间,以自己是这座城市的主人而自豪。有一座楼,现在公司已经把它捐赠给了杜兰大学医学院。他对杜兰大学也非常熟悉。

新奥尔良同我们中国还有一个特殊的关系,它是一位非常热爱中国的美国人司徒雷登的故乡。司徒雷登担任过燕京大学校长多年,后来出任美国驻华大使。他出生在杭州,还是杭州的荣誉市民,最后归葬杭州,在中国曾是家喻户晓的人物。但他在美国的家乡,度过青年时期,在这里求学,并且在这里恋爱和结婚,却很少有人知道。1949年解放军横渡长江,解放了南京。他作为美国驻华大使,却没有离开南京。共产党南京市政府的外事处长黄华(后来当过外交部长)是他燕京大学的学生。他通过黄华表示希望访问北京,还想为建立新的美中关系尽最后的努力。毛泽东写了《别了,司徒雷登》一文,使他丢掉了幻想。回到美国,晚年十分凄凉,却还要立下遗嘱,希望骨灰能归葬北京的燕大校园。未能如愿,最后归葬他的出生地,我的家乡杭州。前几年,在他骨灰归葬杭州时,杭州有家报上载文《回来吧,司徒雷登》。司徒雷登同杭州、新奥尔良都有着特殊的关系。我在新奥尔良时不知道这里是他的故乡,没有问问长安,在新奥尔良是否还有司徒雷登的遗迹在。

7. 游览墨西哥湾

5月8日,星期二,天气晴好。

今天是我们到新奥尔良的第三天。

早晨8时出发,长安要带我去看看美国最贫穷的州——密西西比州。我带着好奇,也很愿意看看美国贫困落后的一面。原来新奥尔良就在密西西比州和路易斯安那州交界处。路州和密州,还有亚特兰大所在的佐治亚州、亚拉巴马州,是相连的同属于南方的四个州,都属于美国最贫困的地区。美国和我国正好相反,我国是南方经济发达,比较富裕,美国是北方经济发达,南方落后贫穷。密西西比州在美国50个州中,人均收入排名第50位,倒数第一。我立即想起年轻时流行的一首外国名歌《老人河》,是黑人歌唱家罗伯逊演唱的最有名的歌曲,现在还记得开头的歌词:"黑人干活在密西西比,黑人干活白人在闲逛。"我非常想去密西西比看看这个美国最贫困的州。

我们上午8时出发,一路向东,过曾经是世界最长的庞恰特雷恩湖桥时,长安开始给我们介绍庞恰湖的作用。昨天经过庞恰湖边时,湖堤高高的,类似我们钱塘江的江堤。今天到墨西哥湾海滨时,却没有见到海堤。长安告诉我们,庞恰湖的湖面比地面要高,密西西比河在发洪水时是一条地上河,高出地面数米。比他们的住房地面都高,常常对城市形成威胁。所以沿河有许多分洪区,庞恰湖就是它的分洪区。在路州州府巴吞鲁日附近,可以分洪注入老河道分流入海。又有闸门可以分洪入庞恰湖。庞恰湖非常大,比我们的太湖还要大得多,又直通大海,可以大大减轻密西西比河在洪水期的河道压力。除了这两个闸门外,密西西比河在中上游也还有分洪闸,所以,它通常不会泛滥。我行前买的一本2012年刚刚出版的《美国地图册》,

帮助我好好学习了一遍美国地理。果然在新奥尔良北面有一个紧连着大海,非常像海湾的很大的湖泊。这就是庞恰湖,全名叫庞恰特雷恩湖。不仔细看,的确很容易把它误认为是海湾。

密西西比河是美国最长的河流,是美国的母亲河。流经的州最多,入海前最后两个州就是密西西比州和路易斯安那州。密西西比河流域农产丰富,路易斯安那州是它的入海口,是美国稻米的主要产区之一。有点类似我国的母亲河长江入海前最后流经的两个省——江苏和浙江。面积大小也相仿,只是它是南北走向,我们是东西走向。汽车约行半小时,即进入了密西西比州地界。有一个休息中心,可以入内休息,免费提供咖啡和现爆的玉米花,工作人员都是退休的义工。大厅里的大屏幕上不停地播放着介绍密州旅游度假景点的录像,还不时出现新任的密州州长和他夫人的巨幅照片,休息中心还免费提供密西西比州的地图和相关的旅游资料。

在休息中心旁边,有新建的太空中心,向青少年普及太空知识。门口就是一个1969年人类首次登月时的登月器模型。

长安继续驾车带着我们沿10号高速向墨西哥湾海滨前行。公路两边都是郁郁葱葱的树林和沼泽地,全是平原。有国家狩猎区,自然环境十分优美。路边有许多木兰树,有点像我们的玉兰花,是这里的州花。路州和密州的州花,都是木兰花。有开白花的、有开蓝花的,都还没有谢。约行一小时许,看到大海了,同时可以看到一座又一座的赌城。这是密西西比州的滨海度假区,沿墨西哥湾,全长有一百多公里。我们先到毕乐克斯海洋泉,这里有几家很大的赌城,被称为美国的拉斯维加斯第二。第一家是一座很大的大楼,包括一座能停上千辆小车的十多层高的立体停车场。大楼里有多条室内街道,在北美叫"帽",在中国叫"城",又叫购物中心,或者称为购物街区。赌城实际上就是游乐场。下面几层每层都有上百台游戏机,在玩的基本上都是老年人。年轻人都在城里要学习和上班,只能在周末和节假日才来这里度假。平时只有老年人没有事情,到这里打发时间。见到的都是独自一个人在玩游戏,很少见到有一群人在一起,有庄家主持的赌博场面。楼上若干层是旅馆,供来度假的人住宿。这样的"赌城"沿着海岸线有许多座。我没有去过澳门和拉斯维加斯,但去过加拿大蒙特利尔的"赌城",也是这样。平时主要是老年人,到双休日和节假日,就有大批上班族来这里度假和游乐。我们参观完一座赌城,旁边紧挨着的一家是摇滚明星创办的游乐场,用一个巨大的提琴模型作标志。在墨西哥湾海滨,每隔一段便有栈桥伸入海里,上有亭子,可供游人休憩。也可以在上面坐着钓鱼。但规定不满12英寸的鱼,必须放回大海。我们就亲见有垂钓者将不达标的鱼放归大海。海湾里有多条这样的栈桥,我们在其中的一个亭子里休息。长安从汽车里取出带来的饮料、水果和三明治、油炸果、冰水等,很丰富。我们欣赏着大自然的美景,吃着自己带来的美食。看到有多位像我们这样的旅游者。附近有一个村落,远远望去,都是漂亮的别墅,比城里我们看到的居民住宅更大,拥有更多的空间。都面对大海,景观极好。据长安介绍,这都是有钱人的住宅。在东面有一个渔村,长安驾车带我们绕了一圈,有许多渔船和游艇停泊在一个小小的海湾里。我怎么也想象不出来这是全美最贫困的一个州。我知道长安不是想向我展示美国贫困落后的一面,而是故意突出地告诉我,要带我去看看美国最贫困的一个州。其实美国地区的发展就比较平衡,地区间的贫富差异并不很大。而乡村居民,农民有的往往比城里的打工族更富裕。为什么?因为他们有土地。地价的升值就是他们财富的增加。土地的升值,有的是因为地方经济的发展,有的是因为地下资源的发现。长安曾经购买过一块荒地,后来因为地下发现了石油而升值,他成为兄弟姐妹中最富裕的一个。

  回程没有再走原路,而是沿着海滨,经长滩、圣路易斯湾返回。经过好几座长桥,有的有几公里长。我想起了浙江新世纪以来在舟山群岛和沿海的台州、温州一带的连岛工程。但不同的是浙江沿海多山，这里是大平原，看不见一处山峦。

在海滨，沐浴着墨西哥湾吹来的海风，凉快、舒适，一路只见川流不息的汽车，几乎看不见一个步行的游人。如果看到有人在散步，旁边必定停着小汽车。我查了一下资料，密西西比州的人口约 397 万，面积约 12 万平方公里，路易斯安那州面积 11.2 万平方公里，人口 453 万，两州的面积都略大于浙江和江苏，但人口都远少于浙江、江苏，不到我们的十分之一。路易斯安那，一个比浙江面积还大的州（相当我们中国的省），自然条件又很好，无论气候、植被，都非常适合人们居住，人口不过半个杭州市，近年来旅游业发展迅速，已成为重要的度假胜地。说它是美国最贫困的州，能贫困到哪里去？！

根据 2009 年的数据资料，全美家庭平均收入排名如下：

路州第 41 位，每户年收入 42492 美元；

密州第 50 位，每户年收入 36645 美元；

马里兰州（在首都华盛顿附近）第 1 位，每户年收入 69272 美元；

加州第 9 位，每户年收入为 58931 美元。

美国全国共 50 个州，密州排名最后。但和排名第一的马里兰州相比，相差也不到一倍。

这些资料，上网一查就可以查到，基本数据普通民众都知道。

回来进入路州，同去时进入密州一样，也有"欢迎你到路州来"的标志牌，也有一个服务中心，可以进去休息，提供免费饮料、零食，还有地图等旅游资料。我们要了一份地图，长安把今天到过、休息过的地方一一指点给我们看。我终于知道了长安要带我来看看美国最贫困的州的用意了。美国第二大赌城、墨西哥湾海滨的度假村——原来他是想让我看看美国最贫困的州有多富裕！

8. 游览新奥尔良

5月9日，星期三。

白天，长安带我们去参观新奥尔良的公园和博物馆。新奥尔良有很多公园和博物馆。我们参观的是新奥尔良最大的市立公园，在博物馆附近，是游人最多的地方。这是美国最古老的公园之一，很像希腊的神殿，据说也是当地人举行婚礼的地方。旁边有大草坪。有为捐献者立的碑，有他们的头像。草坪两侧是2005年水灾后栽种的椰子树，已高数米。不远处就是艺术博物馆。门票六美元，周三免票，只要登记一个名字，由某位慈善家出资付款，作为对社会的奉献。

艺术博物馆旁边是一个雕塑公园，是一位巨富、收藏家将价值数千万美元的收藏品捐赠后建造的。这些雕塑造型奇特，有一群怪异的动物、高数米的大蜘蛛、英武的男人裸像，有奇形怪状的人像，却没有见美女的雕塑。

10时整，博物馆开门。这天是星期三，有慈善家买票，观众很多。还有教师带领的中学生。博物馆里的内容很多，有欧洲传统油画、抽象派的代表作，当地早期名人家庭陈设、瓷器、玻璃器皿等，还有两间展室展出当地一位九十多岁的老媪（还在世）年轻时开餐饮店、形成当地特色餐饮的介绍。馆里还有许多对当地名人的介绍。博物馆对少年可启发思维、丰富知识，对老人可陶冶性情，所以美国社会很重视博物馆建设，各种各样的博物馆不计其数。美国人把参观博物馆当作获取知识的重要渠道，每个城市都有许多个博物馆。

晚饭吃得很早，饭后，长安夫妇陪同我们去密西西比河畔的市中心参观。才7时左右，因为是夏天，太阳还没有下山，河畔游人已经很少。走进一个很大的室内街市——北美人的"MALL"（购物中心），我们现在叫什么什么城——应该是最热闹的时候,他们却都在关门,打烊了。我们观赏了一会冷冷清清的街景,就去乘密西西比河上的渡轮,到河对岸去了一个来回。渡轮很大,比我们杭州钱塘江上已经消失了的当年的渡轮都大。上下两层,下层载汽车,上层是行人。几百个座位,只有一二十个乘客。乘渡轮免费。到对岸我们没有下船,一个来回约半个小时。在船上可以拍下市区许多大楼的全景。

在渡轮上,看到另一艘游轮驶过,船尾有一个巨大的水轮机在转动。长安告诉我们一个故事。他说,这艘游轮曾遇碰撞受损过,是他帮助修复的。长安大学学船舶建造,研究生学海洋工程。这河上多艘游轮都是他参与设计建造的。他的长兄长宏还将这艘船画了一幅画,现在还挂在他家里。一次长安陪同朋友乘此游轮游览密西西比河。导游不认识他,在向游客介绍游轮。他问导游,"知道你们的'导游须知'是谁写的吗?就是我写的。"他颇以此为豪。

从渡轮上来,市中心的街道上依然冷冷清清,这里的市民到哪里去了?公园里没有人,大街上没有人,商场里没有人,而十几层高的停车场里却停满了汽车。停车场在密西西比河畔的一座大楼旁,每层可以停几百辆车,人都到哪儿去了?一会儿我心中的谜团就解开了。晚上,人们不是驾车回到自己宽敞的家里,就是到被称为赌城的大楼里来,这里太热闹了。24小时营业。有单人在玩游戏机的,有一群人在一起赌博的,有喝咖啡、吃点心、聊天的,这就是个娱乐城。就像国内许多人在打麻将一样,只不过我们多分散在小麻将室里,他们集中在大楼里,称之为赌城。这大概就是美国的生活方式吧。

9. 听长安讲他们留学的故事

长安还给我们讲了一些他们刚来美国留学时打拼奋斗的故事和曾经闹

的笑话。

才来美国时，一次长宽从旧金山乘飞机去亚特兰大，为了节约机票钱，乘的班机需在休斯敦转机。飞机到休斯敦时，打瞌睡未及时下机，等飞机飞到目的地，发现是芝加哥，而不是亚特兰大。还得再转机去亚特兰大。还有一次，他和长宽刚到纽约不久，弟兄俩一起去看父亲的一位朋友。回程时乘地铁。车来了，他上去了，长宽晚了一步，没有上来。那时又没有手机可以联系。他上去后发现上错了车，等他转了几次车回到住处，长宽已经比他先回到住处。

在圣荷西，长宁要管三个老人、我们两个远客、全家的家务，整天忙忙碌碌；寿南、慧中要上班，谁也没有时间陪我们好好聊聊。在亚特兰大，两家六个人，每个人都在上班、上学；只有在长安家，他可以整天陪着我们。一天下午，我们没有出去，长安坐在电脑桌前，向我介绍他们兄弟姐妹一个个家，从电脑里调出来，不是照片，而是街头实景，从那个城市、那条街、那座房屋，正面、侧面、从屋顶上俯视、从别墅正面，都可以看见。我让他找我们在杭州的家，他先找到祖国大陆，找到杭州，找到我们居住的瓶窑镇凤城花苑、我们那栋住房、我们亲切而熟悉的家园。

他还为我介绍美国各个州的基本数据资料，他调出了当时的时政焦点——南海主要岛礁的图像，看得一清二楚，这就是美国一个普通退休公民对世界、对社会的了解。未来的世界将会怎样，留给自己去想象吧。

长安的兴趣非常广泛，他集邮、集币。美元、人民币、20世纪三四十年代国民政府发行的法币，以及关金券，他都有收藏。关金券现在大陆上知道它的人已经很少，我童年时（抗日战争时期）还在流通，比法币值钱，好像是一元抵二十元。是以海关担保的货币，币值比法币更稳定。大陆已很少听人说起，他居然在收藏。还有大陆的粮票，他也收藏。

长安在花园里除草

　　从长安、祖忆,还有长宁和寿南身上,我看到了一个共同点,这就是他们年轻时接受的教育具有一个显著的特点:消灭了体脑差异。他们都是受过高等教育、学有专长的专家、高知,又都是体力劳动的能手。长安、寿南都把自己家的院子管理得很好,各有特色,长宁把这个大家庭打理得井井有条,祖忆是个饮食专家,他们还都有自己丰富的精神追求,有自己的文化爱好。我们向一代又一代的年轻人传播共产主义思想——在共产主义社会,体脑差别将会消亡。青年时代,我读加里宁的《论共产主义教育》,知道在共产主义社会将消灭三大差别,人人将成为热爱劳动、热爱生活、兴趣广泛、品德高尚的共产主义的新人。而现在,我却在资本主义的美国,看到了这样的"新人"。

　　长安1950年出生在台湾。后来考入台湾的清华大学,学造船专业。毕业后到一艘32万吨级的美国油轮上做轮机员(海员)。两年后,带了自己两年工资积蓄下来的五六千美元,做学费,到美国读硕士,学海洋工程。那时美国大学一年学费只要一两千美元。1976年两个学期即硕士毕业。到斯坦福大学当助教,同时读博士,免学费。未读完,1978年在新奥尔良找到工作,即申请绿卡。与祖忆结婚。时祖忆研究生还未毕业。三十多年里,长安换了四次工作,最后在海洋工程公司工作了二十多年,一直到退休。

我不太清楚轮船上船长、大副、水手长、轮机长、轮机员等人的分工和关系,他立即在纸上给我画了一张表,把他们的相互关系和分工画出来,让人看得一清二楚。

长安取得绿卡后,便积极为在大陆的大哥长宏申请来美国留学。长宏1978年刚刚考上大专,"文革"后恢复高考制度后的第一届。只读了不满一年,他就申请来美留学。先在路易斯安那州立大学补习英语。这时三弟长宽已经读完硕士,到亚利桑那读博士,他们几个都是在台湾读完本科,到美国读硕士。只有大哥长宏,30岁了才来美国,先补习英语,再读本科,读硕士。长宽读博,未毕业,认识了端端。端端已经获得博士学位(1979年),长宽却因为导师缺乏经费,无法完成博士研究生学业。于是先找工作。在休斯敦找到核能工程师的工作,同端端在休斯敦结婚和工作。男的是硕士,女的已经是博士。

长安则因为在新奥尔良工作待遇不错,且工作比较安定,再没有离开新奥尔良。

在美国,年轻人的工作流动性大,常常三五年就要换个地方,变动一次工作。正像谚语所说,滚动的石头不长苔(青苔)。长宽在德州工作了几年,当时美国反核电,建核电的计划都下马,许多工程师失业,长宽也被裁员。80年代中期,他在俄亥俄州首府找到工作,公司和俄亥俄大学有合作项目,认识了俄亥俄大学核子工程系一位教授,便一面工作,一面选修博士班的课程。最后两年辞去工作，专攻博士，于1989年获得博士学位，比他妻子端端取得博士学位整整晚了十年。端端在读完了博士以后，又去读了电脑硕士，这就是美国的学制。这一时期，长宽一边工作，一边读博；端端一边读硕士，一边生孩子，生了孩子自己带，完成了两件大事。

祖忆是还在读硕士时怀孕生育的。说起生儿育女的故事，今天我们的年轻人都要大吃一惊。祖忆怀孕时正在路易斯安那州立大学读电脑硕士，根据预产期，申请提前考试，考完就回新奥尔良。在医院分娩，当天就回家调养，因为学生生育没有医疗保险，花费很大。她和长宁，都是生下孩子当天就回家。休完产假后就送回台湾请母亲帮忙带，女儿没有喂母乳。自己回美国继续读完硕士。长宁也是如此。一面读书，一面生育。为当年的拼搏，长安和祖忆没有生第二胎。他们的独女，是下一代中年龄最大的，且事业有成，经济富裕，现在还是单身。

在大陆长大的大哥长宏比他的弟弟妹妹都要晚了一步，因此，留学打拼的路也更为艰辛。弟弟妹妹们在读博读硕士、做爸爸妈妈的时候，长宏还在读本科，在找对象，他毕业、工作、结婚成家，都比弟妹们晚。他是在大陆长大的，仍在大陆找到了他的终身伴侣。结婚成家有了儿子以后，他和妻子月梅到大陆探亲，到月梅的家乡天津看望月梅的父母，到江西老家看望祖父、姑妈。祖父去世后继续去看望姑妈姑父。他是祖父和姑妈姑父养大的。也曾经来杭州看望过我们。

长宽1989年取得博士学位后，1990年通过竞聘，到佐治亚理工学院核子工程系任助理教授、副教授、教授。现在已经带出了多届博士。工作稳定，不需为饭碗发愁。

70年代台湾掀起了赴美留学潮。长安、马英九、苏起他们都是这个时期的留学生。台湾只有半个浙江的人口，面积还不到半个浙江，他们和马英九、苏起都是一起在眷村长大的，是同学。苏起的父亲是我嫂嫂的弟弟，两岸关系解冻后,曾多次回大陆探亲,还曾在杭州购房小住。每次回大陆,我都会去看他。只要有时间,他总在我大哥大嫂家。苏起学生时期曾参加学运被捕,还是长安的父亲,也就是我的姐夫去保释出来的。马英九、苏起他们留学学的都是政治法律一类的文科,后来都从政了。我的姐夫要求儿女们远离政治,他们都遵父训,在美国都学理工,到80年代在美国找到工作,都移民美国。除了长宁一家先在新泽西,后来到硅谷,属于美国的东部和西部,其余四兄弟,连同后来从大陆去的我妹妹的儿子,都在美国南方的几个州定居。因为美国的南方相对比北方发展起步较晚,工作好找,房价便宜,他们都在南方读书、工作,再没有离开。兄弟几个都是靠自己打工留学,所以都能吃苦,都很勤奋。当年台湾的年轻人大都是这样奋斗出来的。

10日晚上,长安驾车带我们行驶四十多分钟到密西西比河西岸的一家法国餐馆去用餐。带我们见识见识正宗的西餐。点了两个双份的饭菜,$20\times2+20\times2$,再加税和15%的小费,四个人,每人自己取到盘中食用。花钱不多,吃得很满意,路走得不少,相当于我们到百里之外去吃一餐饭。餐后带我们去逛超市。看一些商品的标价,和国内价格比较,互有高低,总的价格水平不比国内的贵。引发我感叹的是,见许多购物者推了一车车商品去付款时,却没有见到收款人。都是消费者自己刷卡结账。真正是各取所需,诚实互信。国内近来随着阿里巴巴的兴起,有人惊呼超市将成为无人(营业员)超市,其实他们早有了,但必须以诚信为基础。互相有了诚信,才有可能实现。

10. 参观名校之四:杜兰大学

新奥尔良有多所大学,其中州立新奥尔良大学地处庞恰特雷恩湖畔,风景秀丽。我们在新奥尔良的外甥长安就住在它附近。所以我们曾经多次从它旁边经过。大学风景优美,学生宿舍散布在草地上,都是平房,独立屋。没有大楼,没有校门,据说有两万多学生,但在全美排不上名次,算不上名校。华人学生也很少。只有船舶专业在高校中有些名气。我们没有停下来专门参观过。而在老城的杜兰大学,却曾是美国南方最著名的大学,至今学校规模和影响在美国南部仍享有盛名。很多外州人都来新奥尔良上杜兰大学。

5月10日,长安带了我们自庞恰湖畔他们的家出发,驾车经新奥尔良市中心的高楼群旁,转入城西的老市区,这里既无高楼,也没有新住宅区那样的一二层的别墅式建筑,以二三层、三四层的建筑为主,式样各异,建筑精美,是典型的18、19世纪的欧式建筑。街上还有老式有轨电车通行,据说全美现在只有旧金山和新奥尔良还有这种老式有轨电车。车厢很漂亮,也不拥挤,班次也不少,只在老市区开行。整整一条街,十几英里长,通到大学区。这里有两所大学很有名,除了杜兰大学,还有一所罗亚拉大学,是天主教教会办的大学。据说它的艺术学院特别是音乐系很有名,学费也很贵。长安带我们先去罗亚拉大学的艺术学院音乐系参观。没有大门和门卫,大楼底层一楼电梯旁就有告示牌,公示每位教授的办公室,你可以直接去找你想找的教授。不必通过传达室或门卫,也不用问人,据说全美的大学都是如此。它的学费很贵,每年3.5万美元,生活费约1.5万美元,一共需5万美元左右。美国上大学,多为贷款读。只要你想读,穷人富人都能读,没有钱就贷款或争取奖学金。但"宽进严出",能进大学不一定能毕业。走过罗亚拉大学,我们就到了杜兰大学。两所大学紧挨着。长安曾在杜兰大学的一座楼里上过班,所以对这里非常熟悉。他边带我们参观校区,边向我们介绍这所大学和美国的高等教育制度。

杜兰大学原名路易斯安那州立大学,是公办的州立大学。后因巨富杜兰将自己的巨额财产、土地都捐赠给它,学校便改用杜兰的名字命名。现在为私立大学,在最近的全美大学排名榜中,排名在前50名以内。它的法学院、商学院都很有名,但学费很贵,每年约需5万美元,再加2万美元生活费,年收入四五万的中产阶级家庭也不太供养得起,所以被称为贵族学校。学校没有助学金,但有奖学金,只给特别优秀的学生。美国的教育制度,对有钱人或特别优秀的人,都保证你有机会上最好的学校,接受最好的教育。但如果你既无钱,又平庸,就不会有这样的机会,只能在底层去打拼。

杜兰大学的环境非常优美,大都是在大树和草坪中的一座座古老的多层建筑,无新建的高楼大厦。完全不像我们国内的名牌大学。学校附近都是富人住宅区。我们在一个大草坪上的木椅子上坐了一会,发现一条约一米宽的水泥路从草坪的四个角成斜穿的对角线,而非常见的十字交叉。据说原来大草坪上没有这两条水泥人行道,是学生来往校区,走近路,在草坪上踩踏出来的。校方不禁止,索性用水泥浇筑了一条斜交人行和自行车道,方便师生往返。这也是尊重人性自由的一种表现吧。

第六章 相聚在休斯敦

1. 奥尔良到休斯敦

休斯敦是美国第四大城市,也是美国南方最大的城市,是美国的宇航中心。我有两个外甥在这里:大姐的大儿子长宏和六妹的大儿子关新。他们都是在大陆出生和长大的,移民来美国以前我们都曾经见过。巧的是我的六妹夫妇也在这里探亲。我们和妹妹妹夫在国内也难得团聚,同在大西北几十年,我和妻子没有一起去过乌鲁木齐他们的家,他们也从没有到过我们在柴达木和西宁的家。六妹夫是广东人,改革开放以后他们夫妻双双调到了广州,我们也调回了故乡杭州,但相聚一次也不容易,我老伴就至今还没有去过广州。今天在美国他们儿子关新的家里,我们团聚在一起,非常难得。没有想到我们会相聚在休斯敦。

5月11日。飞机起飞时间是下午7时50分。已近黄昏。长安和祖忆送我们到机场,他们一直目送我们通过安检门,才挥手和我们告别。新奥尔良与休斯敦两个城市离得较近,我们原来希望坐普通火车,以为更方便,也想体验一下美国的客运火车。后来才知道,客运火车已经淘汰,几乎没有人乘坐。一个星期才一趟。出门旅行,人家不是坐飞机,就是开私家车。乘短程飞机,就像我们出门乘公交车一样方便。乘晚上的航班,票价要比白天的低得多。我们已经有几次国外乘飞机的经验，一切都很顺利。我们乘坐的是美国西南航空公司的航班。和以前乘坐的美联航航班稍有不同。美联航在网上就定好了座位，而西南航空则是只在候机室排队，按顺序上飞机自己选择座位——也许跟这是短途，只有一个多小时航程有关。我们是57/58号，上机后选择在机舱中部靠通道的座位。同以前几次乘坐的航班一样，约150个座位全坐满了，不见有空位。

飞机比较老旧，设施远不如我们的国内航班。没有电视。机上也见不到一张华人面孔。坐在我老伴旁边的是一位中年女士，非常友善热情，她先和炎琴打了招呼，炎琴依靠问了我几个简单的英语单词，加上手势和表情，同她进行了交流。想不到在出机场时竟得到了她很重要的帮助。

飞机7点50分起飞，8点20分准时到达，两地有一个小时时差，飞行一个半小时。出机场时，天已经完全黑了。

机场不大，后来知道休斯敦有好几个机场，这大概是较小的一个。也不太拥挤，很快我们就到了出口处，但没有见到来接我们的外甥。这位女士一直陪同着我们。我们把事先准备好的小纸条给她看，请她帮助我们用手机联系我们的外甥，没有联系上，于是联系新奥尔良的外甥媳妇祖忆，立即打通了。祖忆要我们说明我们现在的位置，我们说不清楚，手机交还给那位女士，她们交谈以后，女士用手势告诉我们，站在那里别动，一会他们会来找我们的。然后她才离去。果然，一会儿我外甥关新和他父亲我的六妹夫一起找到了我们。刚才电话没有接通，因为他们也在机场到处找我们。我们上了车，出机场返家，又接到了刚才那位女士的电话，问我外甥接到我们没有。这就是美国。一位完全陌生的朋友，就对人这么关心。我们曾多次遇到过这样热情助人的美国朋友。

从机场到关新的家，约一小时车程。天已经完全黑了。刚下过大雨，正好雨止时关新和六妹夫接到我们。车行不久，雨又下了起来，而且越下越大。这是我们来美国后遇到的第一场大雨,伴有闪电雷鸣。我们到家时,雨又停了,对我们很关照。

六妹已经做好夜宵在等我们。关新的夫人是香港女孩,她父亲是暨南大学教授,妈妈是医生。父亲刚刚去世,正逢母亲节,只有妈妈独自在香港,她趁公公婆婆来探亲,家里可以离得开,去香港探望母亲去了。

2. 关新的家

外甥关新,小名甜甜。出生在新疆,在西安上的大学。那时我们还在西宁,他曾到我们家过了一个春节。他到美国留学、移民已经二十多年。现在住在休斯敦西北部,一个条件较好的新建住宅区。在我的美国地图册中的休斯敦及其附近图中都找不到。大致相当于北京的三环以外吧。美国的城市,市中心都是公司、机构一类单位,面积不大,高楼林立。居民住宅都在城市四周。

关新已经三迁住宅,一次比一次条件更好。三次置换房屋,主要是为了孩子的教育。两个孩子一个11岁,一个9岁。这里可以就近入学,与周边同学经济状况接近,小孩素质也接近。小孩兴趣广泛,喜欢画画、音乐、篮球、游泳。关新对孩子非常有耐心,业余时间主要精力都花在孩子身上。现在的房屋面积有三百多平方米,除卧室、客厅外,还有专用的乒乓球室、客房等,自己家连小孩,已经四口,加上父母,现在又来了我们俩,依然住得很宽敞。家门口右侧,一块一二十平方米的空地上,还有一个篮球架,可以练习投篮。据说周边住的都是中产阶级,年收入都在五六万美元以上的人家。一条路上每家的住房都不一样,几乎都是两层楼的别墅,比我们到过的圣荷西、亚特兰大、新奥尔良的亲戚家,住得更宽敞,每家都有三五百平方米。上面还有高高矗起的尖尖的屋顶,有点像欧洲的古典式建筑。里墙是木板,外部是红砖,看上去都是砖瓦结构,门口式样各异,走了一二百米,几十家的住宅,没有一家是完全相同的。据说是90年代新建的住宅区。

美国的楼盘,不像我们国内都是一种规格,几百户统一建造,开盘销售。他们的新房出售,先完成基础建设,地段、外环境、基础设施建好后,即开始销售,用户自己选择房屋式样、规格、内部要求,由开发商按你的房屋设计要求,计算价格,签约购买,三个月交房。每家都是独立的别墅,互不影响入住。沿着马路两边建造,很整齐,每栋别墅又风格各异,各有特色。屋前屋后,都有草坪、空地,各自种植花草树木。需要一幢建一幢。没有建造好又空置的房子。关新家因为是新区,前面临马路,后面是花园,花园还有后门。后门外是很大的公共草坪,比几个足球场还大。活动范围很宽阔。自己的小花园里,放着一副烧烤架子,他请我们吃了一次家庭烧烤。

3. 我的六妹

我的六妹是一个出生在荒山野岭中的女孩。童年就失去了父母。她出生在抗日战争开始的第二年——1938年。出生时正是日寇横行,百姓逃难的时候。1938年春天,杭州已经沦陷。日寇下乡扫荡,我们全家逃难到杭州余杭最偏僻的鸬鸟镇全城坞村后的凌家山上。父亲和大哥都不在家,随湘湖师范去了浙南。我的哑巴舅舅为我们在山上搭建了一间临时躲避风雨的小茅棚,是14岁的大姐,就是现在在硅谷的这个姐姐为妈妈接的生。才三岁的我,也跟了妈妈一起逃难在凌家山上。山下村里,鬼子正在杀人放火,凌家山上可以望见村里红红的火光,所以后来父亲为她取名凌红。大姐和我们取得联系后第一次从美国带回来的录音带,就讲述了六妹出生的故事。六妹9岁时已经没有了父母。解放后我和参加解放军的三姐一起帮助她读完初中,1957年她就去了新疆。那时我三姐夫妇刚从部队转业到新疆,她就去投奔三姐,在新疆找工作,结婚成家,成了新疆人。她在新疆工作了三十多年,曾经是乌鲁木齐市的劳动模范,为大西北的建设奉献了青春。改革开放后,夫妻俩一起调回妹夫的老家广东。在广州工作到退休。他们的大儿子关新,毕业于西安西北建筑工程学院,80年代末赴美留学,已经在美国打拼二十多年,与香港女孩陈东青结婚,已有一儿一女。

顺利接到我们后,我们聊起刚才我们在飞机上小条子的作用。我想起了几十年前的一件往事。那时六妹还在乌市工作,我在柴达木盆地当教师。教师有假期。我们在杭州乡间还有三个姐姐和一个妹妹,我还有岳父母在,有一年我们回来探亲,六妹他们没有直系亲属,没有探亲假。知道我要回家探亲,她就把四岁的小儿子关键,托家在上海的朋友,先带到上海,让我途经上海时再把小外甥接上,带他回老家,代他妈妈去探亲。那天我到上海,在上海老北站附近的中华新路上,找到了六妹朋友的家,在他们门口有一群小孩在玩耍。没有见到大人。

我问:"你们这里有一位新疆来的小朋友吗?"

"有。"小朋友们齐声回答,一面把一个小孩推到我面前:"就是他。"

"你在这里干什么?"我又接着问。

"等我舅舅。"我看见他胸前佩了一块如当年军队的符号一样大小的布条,上面写着:"我叫键键。住在中华新路××号。"大概是朋友家怕他玩丢了,找不到家,请好心人帮助他找到临时居住的地方。

"你认识你舅舅吗?"

"不认识。"

"我就是你舅舅。"

他立即非常亲热地拉了我的手,叫我:"舅舅。我们走吧。"还没有忘记先拉我进屋里,"我还有一个包包。"小孩就这么天真无邪,毫无防范之心。我去接他,从未见过面,我说我是他舅舅,他就高高兴兴地要跟着我走了。

如果遇到人贩子、骗子之类的坏人,后果就很可怕了。幸亏那时好像没有听说有什么骗子和人贩子。我说:"我们可以不等等你叔叔阿姨回来就走吗?"他摇摇头,知道不可以。我们等了一会,主人回来了。我们向妹妹的朋友告别,道谢了才离开。那年月,虽然物资还很匮乏,经济还不发达,但民风尚好。今天我们已经成了老人,因为不懂外语,也用此法求助于人,在一个和谐和法治社会里,的确是一个很简单、很有效的方法。

4. 休斯敦中国城和华人大教堂

5月13日,星期日。天气晴好。

上午甜甜驾车带了我们四个老人和两个孩子,一起去中国城的中餐馆用餐。两个孩子喜欢麦当劳,汽车先经过一家麦当劳,大家都坐在车内,不用下车。甜甜就在餐馆的视屏前"点菜",点击完就驾车往前到前一个窗口,刷卡付款,再往前数米到另一个窗口,即有服务员递出一个大纸袋,将你要的食品全部装在纸袋中,不用下车,几分钟,都已购好。有点像国内去加油站加油那么方便。

接着到中餐馆,五个大人,点了四道菜,一个汤,味道都很好。每人一个小碗,大家用公筷和勺子取到自己碗中分食。没有吃完,剩下的都打包带走。很卫生,一点也不浪费。米饭是免费的,不够可以再添。真有点"各取所需"的味道。谁也不会贪婪多取。我想起了我们年轻时曾追求过的人生最美好的理想:"各尽所能、各取所需"的共产主义。大跃进时我们"一天等于20年""跑步进入了共产主义",全国农村都公社化,办大食堂,吃饭不要钱。但仅仅只有几个月,到春节,食堂就没粮了,接着就是大饥荒。天堂成了梦想。在休斯敦到餐馆吃饭,和美国别的州还有一点不同:在别的州吃饭购物,都要加税;但在德州,不收消费税。有的店,如我们吃饭的这一家餐馆，还不收小费。而在别的州，餐馆用餐，都要收小费。这家的服务员会多种语言，不仅会普通话、英语，还会广东话、福建话。所以生意特别好。

在中国城的大超市里，可以任意免费拿取各种中文报纸，有《侨报》《美中信使报》《华夏时报》《新华人报》等十几种之多，新奥尔良就没有见到，因为那里的华人少。

六妹夫妇已是第五次来美国探亲。但大姐的五个儿女我们都已经见到了，他们还没有。他们没有去过亚特兰大和新奥尔良。六妹在广州的家，我去过，我妻子还没有去过，今天我们却一起来到了美国的外甥的家，在这里团聚了。

接着我们就去休斯敦西区的华人大教堂。关新已经是虔诚的基督徒，他带我们去参观他们的活动。教堂很大，能容纳上千人同时祈祷礼拜。比我们去过的任何一座华人教堂都大。今天是五月的第二个星期天，是母亲节。每位参加礼拜的母亲都获赠一支玫瑰。有近百位儿童上台表演节目，庆祝母亲节。我们第一次参加教会举行的如此盛大的活动。因为我们是第一次来，所以就和其他第一次来这里的朋友，一一在大会上向大家作介绍。介绍我们来自哪里，是哪位教友的亲戚，在我们身旁的人都伸出热情的手对我们表示欢迎。

关新的两个孩子都在台上表演节目。孩子们大小不一，动作也不整齐，没有经过严格的训练，但却表现了天真可爱的一面。从小就有机会在教堂里交朋友，跟了唱圣歌，表演节目，受到锻炼和熏陶。关新表现得非常虔诚，自始至终都精神集中，听布道者传布福音。我们坐在甜甜旁边，看着他不时站起来高举双手，全场有许多像他这样的信徒在高声欢呼。我有点不解的是，外甥们是在国内的现代造神运动时成长的，刚刚摆脱了对现代迷信的神的崇拜，怎么又会如此虔诚地崇拜起上帝来？那天他们还非常真诚地欢送两位即将赴非洲传播福音的教友，场面也令人十分感动。

5. 参观太空中心

下午,关新带我们一起去著名的休斯敦宇航中心参观。成人票价23美元,儿童17美元。宇航中心非常大,占地一千六百多英亩,有游览车载了我们去参观。分多个景点。第一部分是控制室,一些理论性的基本知识介绍,导游又全是用的英语,我听得如云里雾里,勉强跟着队伍一起走。正在想这次参观是否值得,能有多少收获,就到了第二部分——模拟训练室,这是个1∶1大小的真实宇航飞船制作实体。像个巨大的车间,可以看见巨大的火箭发动机底盘,感受火箭的雄伟,人类飞向太空的伟大气魄。可惜导游用的是英语,我们又缺乏太空专业知识,依然似懂非懂地跟了看。到第三部分,是在室外,两个巨大的、矗立着的实体火箭,室内部分展出人类奔月飞行的太空舱的舱体,单人、数人的在太空舱中失重状态下的演示……最后到一间放映室里,观看人类登月和建立太空站的短片。走出放映室,就是模拟太空,登月时的飞船、月球表面、登月点、太空人在月球上的活动、从月球看地球……这时你会觉得,今天太值得了。如果你懂英语,又时间充裕,还对人类从第1次到第17次登月经过的历史资料比较熟悉,一定会更感兴趣。

然而,我们在这里看到的毕竟都已经是半个世纪前的"历史"了。那是冷战时期苏美激烈竞争时的"成果"。人类第一次登月成功是1969年7月20日,距今已经近半个世纪。"阿波罗"登月计划共实施载人飞行15次,其中六次在月球表面不同位置着陆。有12位宇航员踏足月球,全球有五亿多人观看了第一次登月的实况转播。那时我们在做什么?有人看到实况转播了吗?记得我们好像正在"横扫一切牛鬼蛇神",天天不忘阶级斗争。我们看到了美国宇航员阿姆斯特朗和奥尔德林踏上月球的巨幅照片,正是这一步,阿姆斯特朗和奥尔德林说,"这是我们个人迈出的一小步,但却是人类迈

在休斯敦太空中心

月球上的太空人

出的一大步。"至今，世界上还没有第二个国家的宇航员登上过月球。现在，世界已经到了国际空间合作的时代，这里不再保密，还成了普及太空知识的地方。每天有成千上万的游客来这里参观。近年来，我们中国的宇航事业取得了很大成就，我们正在建设自己的空间站，在计划我们的太空人登陆月球，我们都在为祖国的太空事业的成就感到自豪。在这里，我们看到了美国人半个世纪前的登月壮举，我们要达到美国半个世纪前的成就，前面还有很长的路要走，到这里看看，就知道我们的差距还有多大。到了休斯敦，太空城是不能不去的地方。

6. 在美国过母亲节

太空城在休斯敦的东南方，甜甜家在休斯敦的西部，沿三环高速公路也要大约一个小时车程。我们从太空城回来，到家已近6时。甜甜还要为我们做一顿正宗的美国烧烤，作为献给母亲节的晚餐。女主人东青不在，她回香港陪她的妈妈去了。妈妈刚失去了爸爸，母亲节不能让她一个人过。而今天这里还有两个是母亲。美国人生活条件较好的，常常在院子里，有自己家的烧烤设施：在大树下，草坪上，一组铁架子，有如一架大钢琴。于是六妹夫妇在甜甜的指导下，忙碌了一个多小时，准备了牛排、鸡翅、蔬菜和色拉，把牛排和鸡翅烤熟后，又把意大利煎饼加热，卷起来吃，大盘加刀叉，将牛排切成小片品尝，再加上葡萄酒，祝在座的两位母亲：六妹和我的妻子——甜甜的舅妈母亲节快乐。我们在休斯敦过了一个完全西式的母亲节。甜甜家的生活，看上去已完全西化。甜甜的两个孩子，想打电话向在香港的妈妈祝贺母亲节快乐，但香港已经是母亲节后的第二天了，于是作罢。

我们兄妹两对老人能在美国团聚，一起过了个完全西式的母亲节，既难得，也快乐。

7. 险些命丧异国他乡的妹夫——美国的医患关系

晚饭后坐在房间里，和六妹夫妇一起聊探亲的经历。

我们第一次来美国，申请签证，三分钟通过，非常顺利。六妹夫妇这是第五次来美国探亲，之前曾经遭到过两次拒签。第一次什么话也没问，就盖上了一个"移民倾向"的大印，白交了一笔签证费。第二次签证通过，来美后急病住院，被误诊为晚期胰腺癌，医院已经放弃治疗。妹妹在越洋电话里声音哽咽。花了二十多万美元的医药费，结果签证日期又超过，又成为第三次申请签证被拒签的原因。

妹夫第二次来美时，突患急病住院。美国医院不像我们国内，疑难疾病会请多位医生会诊，而是实行主治医生负责制，由主治医生独立负责。妹夫的病来势凶险，一度休克多次，小便失禁，医生诊断为胰腺癌晚期，放弃抢救。万幸亲家即关新媳妇东青的妈妈是香港的医生，通过香港医生的远程会诊，还有一位广州中山医科大学在休斯敦国际医疗中心进修的博士生，他发现这是误诊，与美国医生力争，才重新进行抢救。因为未买保险，美国的医疗费用很贵，便立即与国内医院联系，决定转院到国内治疗。一个重危病人，跨太平洋远距离转院，真有些难以想象。由休斯敦医院用救护车送到机场上飞机，经洛杉矶转机，再飞广州，连输液也没有中断过，就直接进了广州中山医院。最后竟奇迹般地治愈了。这一故事曾经在《羊城晚报》上以整版篇幅报道过，标题很长：《外国医生差点要了他的命——广州一位高工赴美探亲患了胰腺炎，当地医院做了七次CT，误诊为胰腺癌》。最后此事的处理，也值得一提。这次因美国医生误诊引起的医疗事故，应该怎样处理？六妹夫妇原来也曾经考虑通过法律起诉医院和医生，事实清楚，没有争议，官司一定能赢。但咨询了律师，分析了案情之后，他们决定放弃起诉。理由是：

一、妹夫是中国公民，官司需去华盛顿打，费时费钱；

二、虽然官司一定能赢，但经济效益不大。现在经医患双方协议，医院方面免除了全部医疗费用23万美元，比打赢官司可能获得的赔偿要多，更合算；

三、对医生要宽容，要允许他们有误诊。科学家搞研究，搞发明创造也常常会有多次失败，为什么不允许医生有失误？不然谁还敢当医生？

四、美国的法律保护医生。美国医生的待遇极好，是薪俸最高的行业之一。所以美国很少有医患纠纷，更没有听说有我国这种恶性的医患事件。

听后觉得很有启发。

妹夫的故事还没有完。他退休前是广州一家大厂的高工。年轻时在乌鲁木齐，先是技术人员，后来担任过政府部门的中层干部，为大西北的建设和开发，奉献了三十多个春秋。在那场被误诊的大病以前，他刚刚退休不久，还真有过到美国以后要好好学习英语，学会开车，争取移民美国的想法。第一次申请签证时被拒签，说他有移民倾向，看来美国领事馆一点也没有看错。如今一场误诊，十年时间被耽误了。虽然现在他身体恢复得很好，三高全无，后来又曾三次来美探亲，此次申请时还免了面签，但几次探亲的经历告诉他，只能短期探亲，不能永久移民。

关新来美国已经二十多年，靠自己的勤奋打拼，生活条件不断改善。收入增加了，已经三次搬家，住房条件不断改善。小房变成了大房。以前住在市中心的中国城附近，散步就可以去中国城，现在搬迁到了三环线以外，屋后是几百米空旷的大草坪，要出门，不会开车，寸步难行。妹妹妹夫只能整天在家里，看看国内的卫视，或者在门口打打太极拳，傍晚出去遛遛狗，这一切和国内的生活大致相差无几，然而饮食习惯与国内差距太大。国内的医疗条件、文明习惯都在逐步改善，尤其是国内有自己的朋友圈子，这是无法与美国相比的。人老了,除了物质生活的必需外,人际交往的圈子也非常重要。在国外,老来的寂寞,恐是无法改变的。所以,他们已经打消了移民国外的计划。不想来这里做寂寞老人,只想在身体健康的条件下,常常来国外探探亲,看看儿孙们的成长。

5月14日,星期一。甜甜一早就上班去,一对儿女交给了爷爷奶奶。8点钟要上学,7点半,叫起床,撒娇,不吃早饭就出门,到路口去等校车。校车8点准时经过门口,女司机挥手和六妹招呼。下午4时会准时送到家门口。学校供应午餐。回家后,又要立即送孩子到社区游泳池学游泳,从周一到周五,每天一个半小时。社区游泳池学游泳的孩子很多,常常举行比赛,都有家长陪同、助阵。甜甜的儿子非常喜欢游泳,曾在比赛中多次获得过奖牌。甜甜的女儿喜欢音乐,才隔了几年,听说已经是休斯敦青年交响乐团的成员。在甜甜家的小区,我转过几条马路(社区马路),经过几十户居民家门口,看到有近半的居民家门口都有单个篮圈,可供小孩练习投篮。由游泳普及,到篮圈的普及,美国成为篮球和游泳王国,是有自己的群众基础的。正像我们成为乒乓王国、羽毛球王国一样。单靠集中国力,培养几个尖子运动员,去争几块奥运奖牌,意义是大不一样的。只有群众普及基础上涌现出来的优秀运动员,才更有意义。

8. 大外甥长宏

长宏是我大姐的长子。1949年大姐跨海寻夫时把他留在大陆,由祖父母抚养长大。长宏曾在井冈山文工团任美工,属于国内的"老三届"。"文革"后恢复高考,他是77级大学生。还没毕业,1979年即在早他赴美留学的弟弟妹妹的帮助下,来美留学,是大陆改革开放后最早出国奋斗的一代。长宏已经在美国奋斗了三十多年。他妻子月梅也是大陆来美的知识分子,毕业于天津师院外语系。回国内探亲时曾来杭州,在我们家住过,他们俩是我们外甥中最熟悉的,尤其是长宏,已经见过多次。因为毕竟都是在大陆长大,有过许多和我们类似经历的一代。到休斯敦后头两天却没有见到他们,正猜测原因,非常巧,我在到休斯敦后的第三天,看到了前一天即5月12日的《新华人报》上,潮州会馆换届举行盛大的就职典礼。潮州会馆是休斯敦最大的华人社团。这次就职典礼非常隆重,有上千人参加,还有宴会,中国驻休斯敦总领事馆的副总领事,台湾的代表,即海峡两岸的代表都来参加。月梅是典礼的主持人之一,《新华人报》上还有她和会馆秘书长一起主持典礼的照片。她是华夏中文学校的校长。华夏中文学校有学生七百多人,都有华人背景。潮汕会馆的成员大都是第三四代华人,现任会长是越南排华时来美的华人,是个老板,国内有事时,捐款很多,总领事馆对他们很重视。但会长不会汉语,发言稿都要请月梅起草,再练习用中文讲演。所以月梅在当地侨界很活跃,媒体上的曝光率很高。现在她又担任了中山中文学校校长,是总领事馆推荐的。学员多是无华人背景的老外,成年人居多,有的同中国有业务往来,有的男友或女友是华人,想学几句简单的中文,都是五至十人的小班,所以她是很忙的。

  同一天的休斯敦《侨报》上还有王长宏美术学校的招生广告。暑假班,6月2日开学,教授素描、油画、雕塑、水彩、水墨、风景、静物、人物、动物、卡通等,双语授课,小班教学,学生作品在全美乃至国际青少年美术大赛中,曾多次获得大奖,成功帮助他们进入美国一流大学。长宏的美术班,现在已经升格成美术学校,影响越来越大。原先只是他的副业,业余给年轻人辅导,现在他退休了,把全部精力都投入了他的兴趣爱好,办得非常有成绩。那几天正在招生,所以那两天他们夫妻俩都非常忙。我们理解他们。用他后来自己对我说的话来表述,现在他退休了,儿子也已长大成人了,可以不必为生存而奔忙了。事业刚刚开始,可以做自己喜欢做的事情了。那就是一边画画,一边教学,培养下一代传人。长宏也可以说是一个成功人士。正好六妹夫妇也在,头两天来接我们的,陪同我们游览的都是关新一家。第三天起,关新要上班,便由长宏来陪同我们。他们都是计划安排好了的。

  关于长宏,还有一些故事可讲。我们第一次甥舅见面,是"文革"刚结束不久,我还在柴达木当中学教师的时候。我参加一个教师代表团,到湖南韶山、广西桂林、广州等地参观考察,再到江西南昌,参观八一起义纪念馆,最后一站是上井冈山。那时他在江西吉安井冈山文工团工作,已经年过三十,我们甥舅还从未见过面。我在集体上井冈山前,提前一天从南昌到吉安,那时没有手机联系,事先通过电报,他只知道我乘南昌来的长途客车,因为不认识,客车到站,他没等大家下车,就把住门问:车上有没有一位青海来的老师?我立即知道他是我的外甥了,我们就这样认识了。从这件小事我知道了他的能干。那天晚上,我们睡在他小房间里一张单人床上,第一次甥舅见面就有说不完的话。我知道了不仅是我们家——他妈妈家亲人在海峡两边都有,分隔了几十年没有音讯,他父亲这边,也是一样。他的两个姑姑也都在解放不久就参加革命,同南下的老干部结了婚。他的童年也得到过许多姑妈姑父的关爱。仅仅他一家,父母双方都有亲人在海峡两岸。当年有多少分隔在海峡两岸的家庭,如今又成为大洋两岸的亲人。

  长宏是年过三十才去美国留学的,那时弟弟妹妹已经受完了高等教育,有的已经是博士硕士,他起步比他们都晚,尤其没有英语基础,先要到大学补习英语,学会开车,他必须付出比弟弟妹妹、比常人更多的辛劳。他告诉我,刚刚来美时,他曾经一年没有休息一天,发奋地学习,还要打工,自己养活自己。一边打工,一边学习,的确很辛苦。他不能让弟弟妹妹来养他,负担他的学习费用,他们那时也都是边打工边学习,能帮助他申请来美就已经很不容易了。所以在七八十年代,他们兄妹刚来美国时,确实非常不容易。

9. 奥斯汀之行

5月14日,我们到休斯敦的第四天,星期一,关新也上班去了。长宏一早来关新家,接我们去奥斯汀游览。休斯敦到奥斯汀160英里,约合260公里。长宏驾车带我们去,当天来回。我们有几项内容:一是游览,它是德州首府,也是著名的旅游城市;二是去看看他的儿子仪君,小时候来过杭州,我们见过,现在正在德州大学读书,我们去看看他,也可以借机参观德州大学;三是我老伴一位毕业于清华的老同学的夫人姚女士,正在奥斯汀探亲,顺便可去看看。在远离祖国的异国他乡,能见到来自故乡的亲友,会感到特别亲切。

在奥斯汀,我们先找到长宏的小儿子仪君,参观了德州大学,然后又在仪君的引导下,到奥斯汀最著名的旅游景点德州议会大厦参观。它的外貌酷似华盛顿的美国国会大厦,一样的圆顶建筑,只是规模小些,颜色不是白的,而是浅红色的。可以免费参观。进门先接受安检,安检人员都是身材魁梧的警察。今天没有开会,游人很多。进去后,大厦的各

和长宏父子在奥斯汀德州议会大厦前

层会议大厅都开放，可以自由参观。我们在楼上可以俯瞰参议院、众议院的会议厅，每位议员的面前都有话筒，可以即席发言。四周楼座是公民旁听席。议会开会时，公民都可以来这里旁听，可以听到议员们的发言，对自己选出的议员在会上发表了怎样的意见，是否真正代表了自己的利益，一清二楚。每个公民对自己选出来的议员不但认识，而且可以看到他在议会中的表现，他们投给议员的一票，是真正在了解的基础上投出的，不是盲目的、形式主义的选举。

在中间大厅里，悬挂着十多幅历任州长的巨幅照片，我们一眼就认出了后来当过美国总统的小布什，他原来就曾当过德州的州长。在参议院会议厅四周墙上，是历届参议员的照片，在众议院四周墙上是历届众议员的照片。众议院议员人数比参议院多，议员的照片就比参议员的照片要小些，但人人都有。这是民主制度的一种表现，是对民意代表的尊重。因为这里参观的人少，看得也可以仔细一些，后来我们去华盛顿随旅游团参观美国国会大厦，就不可能像在这里一样。而对于了解他们的会议场所，议会民主的现场感，都是类似的，给了我们很深刻的印象。

在奥斯汀我们还有一项内容是要去探望一位朋友。是我老伴的老同学的太太姚女士。她丈夫杨先生是20世纪60年代初清华大学的毕业生，是我们余杭老乡。姚女士是我们杭州拱墅区侨联的委员，在这里探亲。他们有一位洋女婿，就住在奥斯汀。经电话联系，就凭电话中给的一个地址，外甥从电脑中找到他们的家，驾车一直就开到他们的家，不需问路，一点也没错。现代科技，全美每个人的家庭住房都可以在电脑里找到，驾车也就很快可以找到。她家在离市中心不太远的郊区，住在宽敞的平房里，不讲究，但很实用。万里异乡见家乡的老友，非常亲切。虽然我们只停留了一二十分钟，姚女士的女儿上班去了，没有见到，她的洋女婿在，一位个子高高的白人青年，抱着幼小的混血儿宝宝，我们对他只能笑笑，我的外甥父子却和他交谈得十分融洽。我们为姚女士带去了一盒刚刚上市的今年的新茶。她立即冲泡给我们一起喝。在美国，平时都喝凉水、温水、咖啡，很少喝茶。在这里见到家乡来的朋友，喝着家乡产的浓郁清香的龙井，见到老朋友，有说不完的话。我们还要回到几百公里外的休斯敦去，没有时间多停留。见到就好，就很高兴。和姚女士、她的洋女婿、混血儿宝宝一起合了影，只停留了不到半小时，就告别了。

我们把仪君送回他住所，他陪了我们大半天。在车上，他几次向父亲表示感谢。和他告别后，长宏驾车和我们踏上了归途。我就问长宏，你儿子怎么一再向你们父母表示感谢，是什么意思？长宏告诉我，美国人的观念，子女成年以后，就应该独立生活。自己养活自己。他现在上大学，还是父母在负担他的学习和生活费用，所以他要谢谢爸爸妈妈。在国内，父母负担子女上大学，理所当然。有几个是靠自己打工、贷款上大学的？毕业后就业、购房还要依靠父母资助，这就是观念上的差异。

休斯敦到奥斯汀沿途是一望无垠的平原，两侧都是牧场，比之于我熟悉的青海大草原，这里海拔不高，地势平坦，土地肥沃，只见牛马，不见羊群。去时，雨蒙蒙，许多景色看不清，回来时，雨过天晴，夕阳辉映，美极了。多次吸引我们停车赏景，拍照留念。我们走的290公路，不是高速公路，不是公路干线，车辆不多，村镇不少，长宏是个画家，喜欢摄影和旅游，几乎跑遍了世界，对这里的自然景色，仍赞不绝口。据说美国的西部牛仔的家乡、布什家的牧场，好莱坞西部牛仔电影的许多外景地，都在这一带。每年都有牛仔们的活动在这里举办。什么是西部牛仔？就是牧马人、牧牛仔。他们体形彪悍、身体强壮、性格豪爽。通过好莱坞电影，西部牛仔走向世界。我们来到了牛仔的"原产地"，望着这里美丽的大草原，不觉令人神往……

晚上长宏把我们送回甜甜家，和六妹夫妇在一起。长宏家里没有人，月梅每天都要上班。这里，我妹妹妹夫都在。自童年分别后，我们兄妹很少相聚。偶聚一次,也多半不能住在一起。这次竟在遥远的美国南方,在外甥家里,能朝夕相处几天,非常珍贵和难得。交流了许多信息,特别是他们旅美的经历,有的很值得一记。

10. 游览休斯敦市区

5月15日,星期二。长宏又来带我们去参观休斯敦市容。经过姚明在休斯敦打球的地方。休斯敦市中心和亚特兰大、新奥尔良等类似,高层建筑都集中在市中心区。高楼密集,马路上却行人稀少。长宏带我们来到楼群中一座最高的楼下,门口也没有见到几个人。这是一座75层的高楼。大门不显眼,也没有人把门,也许我们走的不是正大门。总之,我跟了长宏走进一个很普通的大楼底层,却发现里面熙熙攘攘人非常多,光是电梯就多达四五十部,每组电梯十部,我们找到登60—75层的一组,免费乘坐。也没有安检,不用等,我们进了电梯。这是登最高层的一组,速度非常快,微觉摇晃,仅一两分钟,像我们通常上三楼四楼的时间,已经上到68层的一个观景平台。都是上来观景的游客。平台有数百平方米。刚才在马路上仰首翘望的许多三五十层的高楼,都已经在脚下,需要俯首寻找。远处,在这些高楼群的远方,长宏告诉我们,可以望见国际著名的医疗中心,据说有五万医务人员,其中有华人三千。是全球心脏病、癌症的医疗和研究中心。登高望远,在这里我仿佛看到它与全球的关联,它的研究成就会影响全人类的健康。那么巨大的一个研究中心,就在我脚下,都尽收眼底。

在德州几天,游览了休斯敦和奥斯汀。通过亲人们的介绍,查阅了相关资料,知道全美就业率最高的十个城市中,德州占了四个。奥斯汀第一、休斯敦第二。因而德州食品消费免税,地方税也相应较低。联邦税、州税、市税可少征一项。居民的税务负担比其他的州要轻。

在亚特兰大和新奥尔良,我们都去看过他们附近的豪宅,只是面积稍大一点,外形漂亮一点,因为那里的贫富差距不是很大。在休斯敦我们看到了真正的富人区。它不在二环、三环以外,而是在市中心附近,有修剪得很整齐的由两米多高的灌木围成的大院,有的是铁栅栏围着,连里面的建筑物也看不清全貌,门口不见门卫,但有大铁门。可谓庭院深深,内不可测。其院内之豪华只能去想象。每个院子面积都在上千平方米以上。这一区域,我们驾车转了几十分钟,都是这样的大院豪宅。这才是美国真正的富人区。据说布什家就住在这一区,我外甥服务的美国联合航空公司的老板也住在这里。不仅是富人区,就是我外甥家这样的新住宅区,也很少能遇见行人,凡出门的,都是汽车。常常步行几百米,遇不见一个人。美国人非常重视家庭,下班就回到家里。在家里活动的时间多,所以家里房屋大都比较宽敞,装潢、布置得十分温馨,住得舒畅。至少我的几个亲戚和老同学家几乎都是如此。

11. 突然出现甜甜的太太东青

第五天,星期二,关新早早上班去了,我们正不知道他们将怎样安排我们。六妹和六妹夫同我们一样,既不会英语,也不会驾车,离了儿子和媳妇,也只能在家里关禁闭。晨起,突然发现东青回来了。她是昨晚半夜里回来的。六妹和甜甜都没有告诉我们东青昨晚要回来,今天早晨她的出现给了我们一个惊喜。东青从没有见过我们,知道我们来休斯敦,关新要上班,特地提前回来了。

关新的太太东青和我们是第一次见面。我们来时东青不在家,去香港探亲去了。她父亲是广东暨南大学教授,妈妈是香港的医生。她父亲退休后定居在香港。香港回归后第二年,我去香港参加学术会议,最后一天,她父亲曾陪我游览香港海洋公园,并带我去过他们的家。现在东青的父亲过世了,只有东青妈妈一个人住在香港,前几天她公公婆婆(我妹妹妹夫)来探亲,两个孩子有人可以帮助照看,又正值母亲节,她回香港去看她妈妈了。可见她是非常重亲情的。我们没有想到她会突然回来。

两个孩子已经上学去了。关新也已经上班去了,只剩下我们两对老夫妻。今天是我们在休斯敦的最后一天。今晚我们将住在大姐的儿子长宏家里,明天由长宏送我们去机场,离开休斯敦去纽约。早餐后,我们几个老人又叙了一会旧,不慌不忙地整理好我们的行装,告别了甜甜的家。东青驾车带上我们四个老人,到休斯敦的中国城,悦来酒店吃龙虾。一盘两只大龙虾,19.99美元,国内没有这么便宜的。另外又点了五个菜,关新上班的地方离中国城很近,也一起来用餐。白米饭是送的,这是对我们的一次正式宴请,也是告别午宴。比较丰盛,吃不完都可以带走。没有浪费的。但都未用酒,因为他们都要驾车。餐后关新即和我们告别,上班去了。

午餐后东青又驾车带我们到中国出国人员服务中心,帮我们选购回国赠送亲友的礼品。再把我们送到也在中国城的"王长宏美术学校",大姐的长子长宏已经等在门口。东青把我们"移交"给了长宏,由长宏接班,明天就由长宏负责送我们去纽约了。

关于东青,还有一个小小的故事。听说,去年我杭州老家鸬鸟乡间四姐的外孙女琳琳,在浙师大读书,来美国俄克拉玛州大学作为交换生学习。俄州离休斯敦不远,假期里,她和两位同学到休斯敦旅游。甜甜是表舅,联系上了。虽然她们已经找好旅馆,东青知道后,立即驾车赶到旅馆,退了房间,把她们三人都接到自己家里住宿,住了好几天。她说,自己家里可以住,为什么要去花钱住旅馆。东青就连琳琳的父母也从没有见过面,又是表亲,但一旦联系上,她就去把她们接来家里住,可见她有多么重亲情。

两年以后,东青的母亲、香港医生陈惠卿在香港太空馆演出厅,专门举行了一次盛大的音乐会为她祝寿,印制了精美的彩色纪念册,留下了她一生和家人的多幅照片和音乐会朋友们的许多合影作纪念。还有陈惠卿医师的诗二首。

为一位八十岁的医生做寿,竟有如此浓郁的文化氛围,在大陆我的师友中也不乏文化界有影响的人士,但以这种形式祝寿,我还是第一次看见。

我在美国自由行中,休斯敦是第四站。最先到加州的硅谷、再到亚特兰大、新奥尔良,都是外甥们接送。到休斯敦,我在广州工作退休的六妹和妹夫也正在休斯敦探亲,是六妹夫关桂勋和他儿子关新一起来机场接我们。从机场到外甥的家里汽车要开一个半小时,比飞机从新奥尔良到休斯敦的时间还要长。关新带我们参观了休斯敦著名的宇航中心,大姐的大儿子长宏陪同我们去德州首府奥斯汀,游览休斯敦市区,最后送我们离开休斯敦去纽约,他们都安排得很周到,衔接得很好。

12. 长宏的家

这是我们在休斯敦的最后一天。

下午,长宏带我们到他的新居,一座漂亮的别墅里。是他搬迁不久的新家。周边环境也很好。很宽敞,白天家里整天都没有人,大儿子已经在美国的海军服役,在一艘航母上。小儿子在德州上大学。平时两个人都上班,家里没有人,所以这两天都没有带我们来他的家里。明天将由他负责送我们去飞纽约的机场,他的妻子月梅我们也还没有见着呢。原来,他们的安排都非常周密,休斯敦的两个外甥、外甥媳妇都是上班族,很忙的,但还是每天都有人陪同我们游览,安排得非常周到。最后一天,长宏把我们带到他家里,带我们看了家庭周围的环境。几个外甥中,我看他家环境是最好的,房子也

我和长宏在他们的新居门口

最大。两个儿子都已经长大独立生活了。家里显得空旷而有点冷清。他家不像他的弟弟妹妹家,精心打理自己的小花园,我都没有关注他的院子。他的兴趣在绘画和摄影上。精心布置的是家里。但因为在他家停留的时间太短,这所住宅又是才买不久,还没有设计布置完毕,我们又要准备第二天起早去机场,对他家的印象不是很深。

等到月梅下班回来,已经是傍晚。他们立即带我们到一家很大的广东人新开的餐馆用餐。点了香妃鸡、爆虾仁等四五个非常精美的菜,还有一个鱼香脆皮豆腐,豆腐先经油炸,外面有一层薄薄的脆皮,很嫩,月梅向我们介绍,她婆婆(我大姐)非常喜欢这道菜。一个长年不和婆婆生活在一起的儿媳妇,能记得婆婆喜欢哪道菜,给我留下了很深的印象。菜肴不多,但我们只有四个人,还是有许多剩下打包带回去。

长宏在大陆长大,生活了三十年,来美国奋斗,也已经三十多年。对大陆和美国都非常熟悉,都有很深的感情。他们赣州王家,是大姓望族,在国内外的本家很多。退休后,他不仅致力于他自己创办的美术学校,几年内已办得红红火火,媒体上常有报道,他还想续写他们赣州王家一族的宗谱,把海内外同宗族人联系起来。曾经把他写的一篇序文发给我看过,一手好古文,今天的年轻人里非常难得。2016年他和他太太月梅一起回祖国大陆旅游探亲,几乎走遍南北东西,对祖国改革开放以来的发展进步赞叹不已。2017年6月,虽然父母都不在了,他们兄妹五个,还有他们的多位儿女们,又一次聚会一起,共叙亲情。他们还在一起诵读赣州王氏宗谱,共温赣州王氏家族历史,宗谱上有苏轼、文天祥、王阳明等为他们族谱写的序文。对先祖之尊敬崇尚,在国内也很少见到。

13. 参观名校之五：休斯敦赖斯大学

长宏带我们去参观了休斯敦最著名的私立大学赖斯大学。这是一所19世纪创办的私立大学，以创办人赖斯的名字命名。校园很集中、很和谐，都是二到三层的米黄色建筑组成，建筑物中间是绿树和草坪，围成一个个长方形的教学区。赖斯大学有多个这样楼群围起来的广场，使我联想起了北京的故宫。赖斯大学以生命科学（医学）闻名。长宁的大儿子冠中就毕业于赖斯大学。学生的毕业典礼非常盛大。长宁的儿子冠中在这里毕业时，他一个毕业生就来了父母亲、舅舅舅妈等五位家长，全国各地来了几千学生家长。典礼在校园中心广场举行。长宏还记忆犹新，给我们描绘当年的盛况。在赖斯大学旁边，就是著名的休斯敦国际医疗中心。赖斯大学的学费比较

赖斯大学校园一角

低,每年约四万美元,而学习环境又比较好,性价比排名全美最佳。

14. 参观名校之六:德州大学

5月14日,长宏带我们去德州首府奥斯汀,从休斯敦去约200公里。去奥斯汀我们有几项内容,其一就是要去看看在德州大学上学的长宏的小儿子仪君。仪君幼年和童年曾两次随其父母即长宏夫妇来过杭州。我们叫他"小青蛙",幼时叫我老伴"舅奶奶,我爱你"。那天我们一到奥斯汀,先通过手机联系找到了仪君,已经是一米八的英俊青年了,还是那么亲热可爱。先带我们到德州大学他的宿舍里。大学生公寓,一个独立的小院,院子里可以停十几辆小车。一座两层楼,有十几个房间,单人独住,约有20平方米左右。进门左侧是厨房,右侧是一长间,靠门、窗口起,依次为写字台、转椅、长沙发(沙发对面为电视机)、单人床。床挨窗口,对面即洗手间和浴室。隔墙就是厨房,设计得非常合理。我在国内高校中还没有见过这样的学生宿舍,哪怕是硕士生、博士生都没有条件这么好的公寓。大学生大都有私家车。房租每月600美元。美国习惯子女成年后即自力更生,自己养活自己。他现在已经成年,但还是父母在为他承担费用,他一再向爸爸表示感谢。他们上大学过的不是集体生活,完全是一个人的独立生活。跟我们国内上大学完全不同。

德州大学是全美最著名的公立大学之一,有学生约五万人。规模居全美前三名。仪君驾车带着我们转了一圈。和其他我们参观过的名校不同,别的名校大都不在市中心,都有美丽的校园。德州大学在奥斯汀市中心,学校由几十幢几乎都是淡红色的教学楼组成,都是多层建筑,没有特别高大雄伟的教学大楼。无法同我们的那些名校校园相比。最吸引我们眼球的是可容纳十万名观众的体育场。看台都有十几层楼高,远处都可以望见,近了拍摄它的照片都十分困难。我们只能感叹它的雄伟。它的看台底下就是巨大的停车场。

15. 告别休斯敦

5月17日,星期四。一大早,长宏送我们到机场。天还没有大亮,机场的旅客还很少。这是我们看到的最小最冷清的一个机场。在验证处,只有一位中年黑人女士在验证,我们很快办完了手续,连两只不大的旅行箱也托运了。这是我们在美国旅行时第一次托运,因为以前送我们的亲戚都说美国国内航班没有免费行李可以托运,但这次却可以托运。长宏又和女士小声说了一些什么,看他取上了一张卡片,别到了胸前。我问他,这是什么?他说:"特别通行证,现在我可以送你们进去了。"以前我们三次转机,在旧金山、亚特兰大、新奥尔良,送行的亲人都只能到安检处,不能进安检门,但长宏却一直把我们送到候机厅。长宏原先是美联航的职员,刚刚退休。我问他:"你认识那位女士?"

他说:"不认识。"

"因为你是美联航的职员?"

"我没有告诉她我是美联航的职员。我只对她说,这两位老人听不懂英语,需要我帮助。她就给了我一张特别通行证,让我送你们进来。"

我对美国有关规定执行时的灵活,充满人性化的关爱,一个具体工作人员就有权照顾,不用层层审批,很感惊奇。长宏又告诉我一个故事。美联航的工作人员,每年都享有四次探亲或旅游的免费机票,但必须是飞机的经济舱有空位的时候。家属也可以享受。那一年妻子月梅的父亲去世,她要赶回天津奔丧,正遇上圣诞节,客运紧张,一票难求。休斯敦机场领导表示为难,要请示公司高层,立即请示上级,那时他所在的大陆航空公司还没有和美联航合并,他们的总公司高层立即批了 must go,经济舱没有空位,最后让月梅乘商务舱走了。这样的企业,这样的老板,对职工有这么人性化的关爱,会产生多大的凝聚力。

那天他一直把我们送到登机口,登机时间还没有到,他又去找检票的工作人员。我们的座位是最后一排,他要求让我们两个老人先登机,也毫无困难地同意了。飞机共 25 排,150 个座位,我们是 25 排 DE,最后一排,最先登机的两人。

飞机原定 6 时 31 分起飞。6 时 25 分,机舱里已经坐满了人,但静悄悄的,非常安静。我们旁边 F 座上放着一个包,这是靠窗口的座位,没有乘客。机上工作人员来把包取出,希望和我们换个位置,把包放到靠过道的 D 座,换好后,仍不见有乘客来。我们以为美国的飞机一定比较准点,但等了一个多小时,机舱里仍然静悄悄的,也没有解释什么原因。8 时 10 分,我们身边的空位上来了一位中年黑人,他同机上工作人员似乎全都熟悉,和他们一一打着招呼。向我也友好地微微一笑,也是招呼吧。几分钟后飞机即起飞。大约晚了 100 分钟,我不知道同他的迟到是否有关系。

从机舱里下望,休斯敦和亚特兰大的地表差距很大,那天因为是晚上到达,看不清地表模样。亚特兰大是个森林城市,而休斯敦,除了大片大片的住宅建筑,就是草地,树木较少。

飞行近三小时,已近纽约,下面是浩渺的大西洋水域。我同旁边那位中年黑人,已经成为朋友。机上分送食品时,他递给我,我说:"thank you."他立即回我:"谢谢!"一下子拉近了我们间的距离。我把事先外甥帮我写在纸条上的一句英语"请你带我到取行李的地方",他点点头,过了两分钟,给我看他的手机屏幕,手机上一条繁体汉字短信:"我是本公司员工,可以带你们去行李房。但在下完乘客后你还要等我三分钟。"他不会讲汉语,却会用中文短信回答我,大概是手机电脑自动翻译的。让我们大为放心。对于黑人,我以前从未直接接触过。这次美国之行,在航班上几次得到过他们的帮助,看到他们都是非常友好,很有教养,给我留下了很深的印象。

这时飞机上下颠簸得很厉害,我以为是在降落了,他在我面前的屏幕上调出了飞机现在的位置,并在我的手表上,指示分针往前移动15分钟,果然飞机又飞行了约一刻钟,我们降落在纽约机场。

第七章　在纽约和华盛顿

1. 大名鼎鼎的纽约肯尼迪机场

飞机从大西洋上空飞进纽约。纽约是美国最大的城市,又是联合国总部的所在地,华盛顿是美国的首都,凡来美国的,总想看一看这两个城市。

赴美探亲旅游已到过六七个城市了,纽约是最后一站,是老伴最发愁的一站。因为前面每个城市都有亲戚来接送,纽约我们没有亲戚,只有我半个多世纪前的老同学。

大名鼎鼎的纽约肯尼迪机场,给人的感觉远不如亚特兰大和旧金山的机场。飞机降落后,这位黑人朋友要先帮助机上人员一起打扫机舱,搞卫生。我们是坐在最后一排的,等轮到我们可以下机,他们卫生也差不多搞完了。航空公司的这位黑人职员帮我联系上了老同学。

我们取了行李,到了出口处。老同学的太太就看到我们了,热情招呼后立即把我们领过去。永昌兄的车就停在约 20 米外,一对 76 岁的白发老人,亲自驾车来机场接我们。这对白发老人,汽车也没有停在停车场,他说停车场太远,还要交费,他只在附近打转。因为航班晚点,多转了一个小时。他家就住在昆斯区,离机场仅十多分钟车程。纽约是美国最大的城市,我们这次旅行中,它的机场却是最小的,离朋友家的距离也是最近的,这也是事先没有想到的。

2. 我有回到老上海的感觉

见到老同学，心里踏实了，又很感慨。后面五天，两位白发老人天天陪同我们。其中有一次华府二日游，是他一个月前就为我们预订好的旅行社，第二天也是他亲自送我们到曼哈顿唐人街，上了旅游大巴，第三天傍晚又到那里接我们回来。第四五天，再陪我们参观曼哈顿的联合国总部，市中心的时报广场、洛克菲勒中心、金融街、世贸中心，乘了古老的纽约地铁，海湾的免费渡轮，遥望著名的自由女神，驾车带我们去超市购物，餐馆用餐，全是这对老夫妻整天陪同，向我们介绍来美30年打工入籍的酸甜苦乐。

何永昌君是我复旦同室同学。毕业后和我一起去大西北，我到柴达木，他在兰州皋兰山下的一所高校任教。后照顾夫妻关系，把他调到宝鸡当中学教师。夫人毕业于西安医学院，曾是宝鸡名医，他也是宝鸡名师，夫妇俩都是宝鸡市人大代表。改革开放初，他们即移民来美。不会英语，不会开车，来美时已45岁，夫人在香港读的中学，英语基础好，但在国内的行医资格在美国不被承认，也只能在亲戚的餐馆打工。老同学何君管过仓库、做过送货员，最后自己开公司，夫人依凭自己的医学专业知识，最后也从美国的公务员岗位上退休。如今两人都已白发苍苍，但身体都很好，精神健旺。

永昌家在纽约长岛上的昆斯区，住宅条件并不太好，外环境有点像老上海。从他们家向北走就是著名的曼哈顿，周边环境就越来越好，住宅也比他们家附近越来越高级，空间更大了，屋前有更多的绿地，但仍比不上美南和美西地区那些城市住宅周边的绿地多。

永昌家只有一个一二十平方米的小院，种一点花草。两层低矮的楼房，与硅谷和美南我的外甥们的宽大的家园、别墅相比，要局促得多。无论室内室外，都使我想起了老上海。但自有一种家的温馨。到纽约的第一天，他把我们安置在家里住下以后,我们就在一起谈往事、谈家庭、谈子女,谈他们何、邹两家众多兄弟姐妹的许多故事。我们是老同学相见,有说不完的话,我老伴和他夫人邹大夫虽是初次见面,却一见如故,也有许多话说。有的后面再介绍。

我们在大陆的同学,个个都早已退休。我们这代人,在职时都没赶上汽车时代,要么用公车,要么乘公交或者打的。近几年私家车普及,便常常求助于子女。子女都还在上班,那就只能打的。而能自驾车的,国内同学中没有听说过,同学中只有在美打工、移民定居的两位。洛杉矶的老同学陈克澄君,已经79岁,每天还要驾车在高速公路上行驶一个多小时接送第三代。纽约的何永昌同学,热情好客,二十多年来,曾接待过几十位复旦的师友,从校系领导到老师同学,他都是完全自己驾车接送和陪同导游。他的精神让我非常钦佩。

3. 华盛顿之行

第二天,5月18日一早,永昌带我们去曼哈顿岛上最大的中国城,也许是海外最大的中国城,参加天马旅行社组织的华盛顿两日游。永昌的安排非常细致周到。从他家到中国城孔子大厦对面8点钟集合上车,6点半就需出发。他带我们步行一二百米,即上了和地铁相连的高架,为我们每人买了一张10美元的地铁票。老人有优惠,凭医疗卡即可。但外国人不行。他有老人优惠卡。我们上了高架,因为是起点第二站,车很空,上来的多是有色人种。过十几个站后,转了一次地铁,这时车厢里乘客已经很多,虽然已经有乘客站着,但老人残疾人专用座位仍空着,我们一上去就有座位。永昌说,就是有年轻人坐着,见有老人上车,也会立即让座。纽约的地铁非常破旧,同我们中国的,无论北京的、上海的、广州的、杭州的,都无法比,它们是一个世纪前世界上最古老的地铁,我们是刚刚新建的世界上最新、最现代化

远处就是白宫

在蜡人馆和奥巴马夫妇合影

的地铁,舒适、漂亮、安静,纽约的地铁都无法同我们的相比。我们转了一次车,又穿过几条街,就来到纽约老市区的中国城。我们提前到了近半个小时。马路边有好几个旅行社组织去不同地方、不同日程的游客在候车。永昌把我们交给导游,一边把为我们准备的水果、点心交给我们。有西红柿、苹果、黄瓜、橙子等,他知道我有糖尿病,都是不太甜的水果。另外还煮了两个鸡蛋、一袋面包干、一瓶饮用水,开始我们还客气一番,后来知道都是非常需要,又不是很贵的食品,便收下了。最想不到的,还有一大包消毒纸巾,便于我们在任何场合食用前用来擦洗双手。这时离出发还有一点时间,永昌又去为我们每人买了一份早点。他就是想得这么周到。

我们经费城、参观独立宣言签字纪念大楼。到华盛顿,参观白宫。白宫平时不对外开放,只是在南草坪的栅栏外遥望一下,拍照留念。但游人太多,很难争取到机会。游客中最多的是我的同胞。同胞中最多的是参加子女毕业典礼的家长。我们的旅游车上,坐在我旁边的是一对来自东北的成功商人,他们的女儿在留学中找了位我们杭州籍的博士做终身伴侣,他们来参加女儿的毕业典礼;一对年轻人陪同他们的父母来华盛顿旅游。在蜡人馆,有历届和现任总统的蜡人像,可以自由和他们合影,还可以坐在仿总统办公桌前摄影留念。

4. 和复旦校友相会在华府

我还有一位复旦校友沈文元君,是浙江电大的退休教师,省作家协会会员,他是我这次美国之行的鼓动者。他在三个月前来华盛顿探亲,他的儿子去年调来驻华盛顿大使馆工作,今年夫妇俩便来这里帮助儿子照看孙辈,同时可以更细致地观察、认识美国社会。他临行前,告诉我美国政府已经放宽签证限制,他知道我在美国有亲友,建议我来美作自由行,探亲访友。我来美后一直和他保持联系,这次去华盛顿两日游,其中一项内容,就是希望与好友能在美国的首都相聚,也别有一番情趣。

　　我是跟旅行团来华盛顿的。路线、时间都不由自己安排,我的手机又没有开通全球通,如何同他联系,如何安排见面,全拜托给旅行社的导游。在我们到达集合地点、见到导游以后,就知道了大致行程和今晚的住处,我们将住在华盛顿南的弗吉尼亚州,而文元兄则住在华盛顿以北的马里兰州。就像一个住在杭州以南的富阳桐庐,一个却在城北的嘉兴桐乡一样,中间隔了个首都华盛顿,到晚上住宿时相见是根本不可能的。我们只能在旅游中途某一景点时争取一见。经过导游和他们电话沟通联系,约定在林肯纪念堂附近见面,那里有三个景点:韩战、越战纪念碑和林肯纪念堂,停留的时间比较长,预计下午四五点钟到,时间也比较合适。

　　最初导游约定的时间在下午5时左右,文元兄夫妇在4点钟前就到林肯纪念堂了。但我们因为堵车,前面的景点游人太多,仅我们这家旅行社就发了四车游客,两百多人,参观一再耽误,导游一次次推迟时间,等我们到林肯纪念堂时已7时半,他们已经在这里等了三个小时。幸夏日昼长,当我们互相在众多的游人里发现对方时,太阳还高着。我们赶紧在林肯纪念堂前摄影留念。幸亏这里环境极好,游客如云,他们早已来过这里,已经比较熟悉,我们一边交流旅美观感,一边走进纪念堂,他们为我们导游。这里离他们孙子上学的地方不远,到我们旅行团集中的时候,他们的儿子也开车来接他们了。中间还有一个小小的插曲。我在上午九点多钟时胃有点不舒服,请导游电话询问他们有没有藿香正气水之类的药物。没有想到引起了他们的担忧,怕我在旅游中途得病,文元夫人更埋怨文元,因为是他鼓动我来美探亲旅游的。我毕竟是快八十的人了,担心我旅途中得病。幸好小病来得快,去得也快,中午用饥饿疗法,饿了一餐,到傍晚我们见面时,已经康复。我再三向他们表示,这次美国之行,非常顺利,收获丰富,非常感谢文元的建议,才有了我这次旅游。

和友人沈文元夫妇在林肯纪念堂前

和永昌同学在纽约的渡轮上

（文元兄回国后即写了一本《旅美随记》，由中国文联出版社出版。我还为它写过一篇书评《亲情·友情·异国情》，发表在上海和浙江的报刊上。）

晚上我们住在旅行社统一安排的弗吉尼亚州的一家旅社，这是我们在美国一个月的旅游中，在旅社住的唯一一个晚上。第二天一早，我们又到华盛顿继续游览。

5. 走进国会山庄

华盛顿的两天是我们在美国见到的游客最多的地方，尤其是国会山庄和白宫前，可以和我们国内的旅游景点相媲美。国会山庄顶上是自由之神雕塑。过去常把它同纽约的自由女神像混淆，这次终于分辨清楚了。因为参观者太多，要排很长的队，最后交由山庄的导游。不像国内通常都是年轻的女性，导游是一位五十多岁的女士，很有亲和力，因为一队一队参观的人太多了，游览过程中很少有驻足多看一会和提问的机会。幸好我们已经参观过德州的议会，参众两院会议厅、群众旁听席等，大体类似，就是国会山的规模更大些。

中午按计划乘游轮上看华盛顿。因为我们迟到了三分钟，只能等下一班游轮，多等了一小时，但等得值得。游轮非常漂亮，虽然华盛顿和纽约，从地图上看很类似北京和天津，纽约靠海，高楼林立，是世界金融中心，首都华盛顿不靠海，是政治中心。但华盛顿虽然不靠海，却水域辽阔，以前没有想到。乘游轮转了一圈，国会山、五角大楼、白宫、华盛顿纪念碑等主要的景点都能看到。国会山完全不是我们想象中北京、南京、杭州那种大自然中的山，而只是平原上的一个土堆而已。华盛顿地处平原，水网交叉，加上纪念碑、塔、馆、廊，郁郁葱葱的林木，环境非常优美，让人流连忘返。下午回到纽约，暮色中看到了自由女神像。

回到纽约唐人街已经晚上8时半了,街头已经如满天繁星闪烁,永昌和夫人一起在东门口等候我们一个多小时,四次用电话和导游联系我们的行程。他把车停在附近,先带我们去一家饭店用晚餐。这是唐人街的一家中国餐馆,他们经常来用餐的地方。叫了两碗粉皮、两碗盖浇饭,再分别盛到四个人的小碗里食用。既经济实惠,味道也很好,还吃不完,剩下的打包回去。永昌说,打包不仅是节约,也是对厨师劳动的尊重。表示我喜欢吃你们做的食品,浪费就是对他们劳动的蔑视。很有道理,打包应该是一种美德。餐后我们散步数百米就到了他泊车的地方。两位76岁的老人,就这样每天亲自接送陪同我们,真有点过意不去。回家路上,他们不断为我们介绍纽约的地标性建筑,欣赏纽约的夜景。纽约和华盛顿、新奥尔良一样,都是水域面积很大的城市,市区里有许多河、湖、海湾,有数不清的桥梁把市区连接在一起。一会就是一座大桥,眺望远处,高楼林立,他如数家珍地为我们介绍,我则几乎什么也记不住。车行一个多小时,一路畅通,未遇堵车,才到他家。

6. 曼哈顿游

5月20日,是到纽约的第四天。前两天去了华盛顿,今明两天游览纽约。不想太累,早晨起得很晚。我的习惯天不明就醒了,记一点日记。又迷糊一会。早餐后,永昌夫妇带我们去游览纽约市容。永昌家在纽约长岛上的昆斯区,从这里往北走一会儿,我们看到了大片的森林,他们称作公园,但不像杭州的公园里,人流密集。这里虽说是全球最著名的大城市,公园却像原始森林,树木高大密集,游人都很难进入,被喻为"城市之肺"。纽约有很多这样的公园。

穿过一座大桥,我们到了曼哈顿岛上。再向北行,一会就到了东河边的联合国大厦。这里的河和海湾我完全分不清。有点类似悉尼,我们国内却想不起有类似的城市。在联合国总部，门前冷冷清清，原来今天是星期天，不工作。但对外开放，可以参观。因为门口不能停车，永昌又只能驾车在附近兜圈子，由夫人陪同我们参观。我们先在联合国门口照了几张相，然后经安检门入内。一楼大厅有各种介绍联合国的图片陈列展出，有一组组的参观者在导游带领下听讲解员讲解。我听到一位老人在用汉语向中国游客讲解，很想驻足听一会，但想到永昌在马路上兜圈子，也就不好停留。在国会大厦参观时，我们发现讲解员也是上了年纪的人，不像我们国内都是年轻美女，他们都是年长者担任讲解。我要上洗手间，下地下层，才知道这里是购纪念品、小礼物的商场。一侧是邮政，可以选购邮品。有联合国邮票，但只能在这里投邮，有多种明信片，我选定了一种，想在此寄给邮友。突然想起没有带邮友的地址，只能给自己和子女寄了几张。又选购了一袋有关联合国主题的多国盖销票，仅 5.6 美元。一共花了十几美元。因为永昌在马路上等候，我们没有能在联合国大厦多逗留。

从联合国大厦出来，永昌即带我们到曼哈顿岛上最繁华的中心地带。这里纵横几十条马路，任何一个十字路口，无论向东南西北哪个方向，看到的都是几十层的高楼，这就是百老汇大街——世界最大的摩天大楼群。所谓"高楼林立"，钢铁水泥森林，到这里才是恰当的比喻。世界上再没有第二个城市可以相比拟。我到过美国西部的旧金山，南方的休斯敦、新奥尔良，东南的亚特兰大，加拿大的多伦多、温哥华，澳洲的悉尼，都是国际著名大都市，高楼大都集中在市中心一个不大的区域。我没有到过欧洲。纽约是世界上独一无二的，以后人类也不会再创建这样的城市。要看大楼之多，之密集，只有纽约。后来我又去过罗马、巴黎、东京，那是跟旅行社去的，导游带你看什么，就只能看到什么。不敢妄加评论。在曼哈顿中心区，在洛克菲勒中心，永昌又停车让我们三个下车，他又驾车去附近转，让他夫人陪我们下去拍照，参观洛克菲勒中心，听一些有关洛克菲勒的故事。约半小时后，他又来接了我们上车去转。经过著名的百老汇,过去这里是红灯区,现在色情业已经变得更隐蔽,街面上已很干净,但中文报纸上则有许多隐晦的广告告诉你哪里可以去玩乐,或者上门服务。百老汇附近大楼上有许多大屏幕广告、电影和明星广告,带我们经过时报广场时,永昌一路上为我们一一介绍。在中国总领事馆附近的哈得逊河上,停泊着一艘已退役的航母,正对着我国的总领事馆。这是一个航母博物馆,上面停了多架飞机,可以购票自由参观。但我们驾车经过,没有停留参观。

7. 再游曼哈顿

5月21日,这是我们到纽约的第五天,永昌夫妇带我们游览曼哈顿岛南部和参观自由女神像。我们先乘地铁再转轮渡去看自由女神。纽约的地铁是世界上最古老的地铁之一,车厢老旧、颠簸得厉害。同它的地铁一样,纽约的渡轮也很陈旧,同上海往返嵊泗的一艘艘豪华游轮更是相距甚远。渡轮的候船大厅里,乘客坐的是很陈旧的水泥凳子,有警察带了警犬在巡逻。我们将从曼哈顿岛的最南端乘渡轮去史丹顿岛,这是曼哈顿岛东西两侧的东河和哈得逊河汇合后通向大西洋的一个出海口。这是我在美国第二次乘坐渡轮,还有一次是在新奥尔良的密西西比河上,渡轮都免费乘坐。它比我以前在黄浦江和钱塘江上乘坐过的渡轮要大得多,因为它不是一条几百米宽的江河,而是十几公里的海湾。渡轮长约百米,宽约二十来米,半小时一班,很准时。但乘客不多,估计至多三分之一。空中下着蒙蒙细雨,我们离开了曼哈顿岛南端,向南驶去,正前方有一座连接威廉桑拿和布鲁克林的跨海大桥,有点像从奥克兰远眺旧金山的金门大桥。这大概就是建造时号称世界第一大桥,据说四川军阀杨森的女婿张馥奎是设计者之一,杨森曾以此自豪。它比金门大桥距离更宽,桥也更高,十万吨级的航母也可以自由进出。渡轮右侧一会儿就看见了远处细雨朦胧中的那位一百多年前来自法国的自由女神。永昌兄向我们介绍，它是美国独立一百周年时法国送给纽约的礼物。它的底座就有十几层楼高，内有塔楼可以攀登，女神像在一个独立的小岛上。因为岛很小，女神像很高，到了小岛上反而拍不到女神的全景，所以，现在上岛的游客不多，如我们这样乘渡轮，却全程可以望见女神像，可以清晰地望见女神高举的右臂。她在为摆脱饥馑、贫困和不公正而呐喊，是永驻在世界人民心头的温暖。女神成了美国的象征。是每个到过纽约的人必定要去的地方，就像天安门之于北京、之于中国一样。去小岛可以登女神像，女神身高46米，连同基座高93米。女神像体内有螺旋形阶梯，游客可以登上女神的头部，相当于徒步攀登12层楼房。去岛上也要乘渡轮，购门票，所以许多游客选择我们这趟渡轮，专程来观赏女神。去时因为下雨，大家挤在船头上拍照，要排队，返程时雨停了，大家可以在船舱外自由选择地方观赏拍照。效果也比刚才冒雨在船头排队拍摄的要好。船上华人游客很

我摄下的蒙蒙细雨中的女神像

多,我们遇见一对年轻夫妻,带了一个小孩,是从加拿大的多伦多驾车来纽约旅游的,今天也在这渡轮上观赏自由女神像。自由女神像因为高大,很远就可以看到,不仅在海湾渡轮上,在前天我们从华盛顿回来时,将到纽约市区的郊外,我们就曾经远远地望见过她。许多建筑物都无法将她阻挡。

从史丹顿岛回来,登上曼哈顿岛南端,这里就是纽约的金融区,举世闻名的华尔街就在这里。永昌带我们来到华尔街的标志物——纽约证券市场门口的金牛旁,一队队旅行团组织的许多我们的同胞,都在这里排队照相。在华尔街,虽然附近都是高楼林立,但马路都不宽,就像旧上海外滩附近的马路,人车都不多,华尔街只是很短很窄的一段街,这里有证券市场,有美国财政部的地下金库,门口都很安静冷清,看不出这是世界金融中心该有的威严。永昌又陪同我们步行到不远处的世贸中心,遗址上又在建造新的大楼。记得"9·11"世贸大厦遇袭不久,永昌即为我寄来了世贸大厦的明信片,这是再也看不到了的大厦。今天他又亲自带我们来看正在原址上建造的新的大厦。

8. 问候郑北渭老师

听说郑北渭老师也在纽约附近的新泽西,想去看望他。郑老师是最先把传播学介绍到我国的学者。20世纪50年代,郑先生刚从美国回国不久,在复旦新闻系任教,他主编的《新闻学译丛》上,就介绍过刚刚出现不久的传播学这门学科。1958年我在复旦时,他和我们小班一起去罗店农村和上钢五厂劳动,是我非常熟悉的一位老师。我们先用电话联系。电话是他的夫人高思聪老师接的。告诉我们郑先生已经不能讲话,也不认识人了。高老师是上海音乐学院前声乐系主任,也是著名的歌唱家、教育家,20世纪50年代初,和郑先生一起自美回国,培养了不少优秀的音乐人才。她谢阻了我们去看望郑先生。我回国没几天,就传来了郑先生去世的噩耗。我在我们年级的博客《五角场》上写了一则短文表示悼念。

9. 天南海北话人生

纽约是我们在美国的最后一站。住在老同学家里,我们无拘无束,天南海北地交流人生经历和感悟。

打工苦乐

永昌出来时已经45岁,放弃国内几十年工龄。夫妇俩都是宝鸡市人大代表,中层干部,他是中学教导主任,夫人邹孟邻是著名外科主任。荣誉和头衔一大堆,他们都放弃了。邹医生是改革开放后宝鸡市第一个、陕西省第五个来美的移民。初来时美国不承认她的医生资历,她只能在亲戚餐馆里当收银,她的中学是在香港上的,英语基础好,当过翻译、当过导游,后来成为医卫部门的咨询、管理人员,成了白领,退休时待遇也好于常人。永昌则辛苦得多,先苦学英语、学开车,这是谋生的基本手段。以后当过杂工、搬运工、餐馆服务生、厨师、司机、导游等,最后自己开公司,当个体户,有了自己的房屋,历尽艰辛。在《阴晴雨雪旦复旦》一书中,他曾写有《我在美国打工》一文,有过介绍。在有了安定生活以后,他一边工作,一边仍坚持每天学习两小时英语。

永昌一共有八个兄弟姐妹,他是老大,都出来打过工,但只有两个下过乡的坚持下来了。其余都回上海去了。国内现在生活安定,环境也一天天不断改善,愿意出来打工的已经不多。现在出来的多是官二代和富二代。不是靠自己,而是靠爹妈为他们打下的基础。

知道我们在,永昌的小妹特地来看我们。她是杭州的退休职工,退休后又来纽约打工。当年是下乡知青,在江西农村。后来结婚成家,成了杭州人,住在长板巷,我家原来住在德胜新村,紧挨着,是近邻。异乡遇近邻,更感亲切。她来美国已经八年,还在打工。生活甚为艰辛。与人合租住房,仅一居室,客厅厨卫合用,月租 500 美元。自己月薪 2000 美元。新移民中,打工族都要经历这一过程。求学出来的,毕业后找不到工作的很多,但也多是因为自己放不下身段。如果愿意,都可以找到工作。要想工作轻松,又要收入高些,就常常会"失业"。华人来美国打工,就如国内西部农民到沿海地区打工的农民工,情况非常类似。现在富二代、官二代出来读书的很多。他们不需要自己打拼。但我的亲人和友人中都没有。我的亲友都是通过自己打工、读书两条路奋斗出来的,都很辛苦。

信佛还是信上帝

永昌信佛而不信基督。据说纽约唐人街的华人中信佛的比信上帝的多。永昌的岳父在世时曾戏言,"我信教也信过,信到鸡都叫(基督教),麻将也爱过,夜夜玩到鸡都叫(天将明)"。上帝造人,耶稣降世才两千年,以前的人类哪里来的?基督教主张"原罪说",认为我们人人生来就有罪,他也接受不了。佛教中的佛不是神,而是得道的人,觉悟的人。人人可以悟道,可以成佛。他对美西、美南地区知识群体中信基督的人比较多,表示理解。那里的华人没有像纽约这里这样多,他们寂寞,需要朋友,需要帮助,需要关怀和温暖。就业、成家都需要帮助。基督教特别提倡博爱、互助、互相关爱。对在政治上反对个人崇拜,刚刚摆脱了造神运动以后,又去信另一尊神,去崇拜主,崇拜另一个救世主,我无法接受。但主张互相尊重,不要勉强。

谈子女

永昌的儿子东君,出国时还是中学生。1981 年春天,我在西北大学进修,借住在西大分给桑义麟同学的一个小套里。永昌带了东君来西安办出国手续,我们曾同住一个房间,有过一面之交。刚来美时,东君的学习跟不上,老师重点帮助他,对他进行专门辅导,东君进步很快,得到过学校颁发的"最快进步奖"。整整30年过去了,现在东君自己开公司,没有休息天。在美国,生存容易,但都很辛苦。要想生活富裕,就要自己勤奋。无论是打工的、学习的,竞争都很激烈。我们回程的机票确认、登记座位都是东君帮助搞定的。但我们没有见到面。21日晚9时,他才下班,还没有到家,就打来电话,问我们好,为未能一见致歉!

东君的女儿,永昌的孙女,今年15岁,在长岛重点中学蓝带学校读九年级。学习很好。九岁时就开始写科幻小说,在学校内部的刊物上发表、出版。是学校辩论队的队员。她兴趣广泛,钢琴已经通过六级,油画、素描在画展上多次展出过。初中毕业典礼上,她的诗歌"我们要展翅飞翔",印在节目单上。她现在虽上九年级,但有的课程已经在提前学习十年级的内容,甚至在提前学大学的课程。同我的外甥们一样,华人知识分子都非常重视子女和孙辈的学习,都以自己的儿孙学习优秀而感到自豪。

告别永昌,告别纽约,回来在一本杂志上,看见一位华人作家写的一首词,让我常常想起纽约的永昌兄和他的子女们:

定 风 波

人间常慕纽约好,淡云轻雾女神岛。异域天地非家国,博根晚风春已老。 自叹平生多蹊跷,人老。老时犹恋忆年少。少年无知人生路,却道,志在凌云不怕笑。

已经移民美国的何永昌同学,退休后几乎年年回国探望父母,父母去世后,年年清明回来扫墓。也来过杭州我们家作客。可见他们对祖国深深的爱。年轻人在外拼搏,我们理解,我们鼓励。老年人对故乡、对祖国的怀念、眷恋,我们更应理解。

第八章　归程中的思考

1. 鸟瞰美国

5月22日，永昌夫妇又一起送我们到机场，他夫人一直目送我们过了安检门。他则跟接我们时一样，驾着汽车在机场附近转，等待夫人把我们送进候机厅。这就是我们的永昌夫妇。

起程回国，先要再次横穿美国，经洛杉矶转机回国。美国的地形复杂多样。以前看美国地图，它的北方和加拿大的边界和自己的许多州界，都是直线条，有许多方方正正的州界。在我们国家的行政区划图上，没有一条国界和省与省的边界线是这样平直的。以前只以为原先都是英国的殖民地，那是地图上划的界，这次却看到在美国中部的大平原上，从飞机上鸟瞰地表景象，有许多地方，也竟是方方正正，都是直线条。有点像衣服上打的补丁，分隔它们的是高速公路，地表上颜色的区别，也许是不同的农作物——可以想象它的现代化农业的种植规模。在我国的高空中是从来看不到这种景象的。

到了西部，要经过科罗拉多高原——著名的大峡谷地区，大自然的雄伟，不亚于我国的青藏高原。再看不到中部那种地表景象。

2. 美国的交通

美国的交通有几点和我们不同。铁路仍是我们的主要城际交通工具,近几年高铁发展迅速,铁路的乘客还在不断增加。但美国的高铁还没有发展起来,老铁路交通已经淘汰了,只作货运,很少有人再乘火车出行旅游。飞机和汽车是主要交通工具。乘飞机就像我们乘公交那么便捷。美国国内航班飞机设施不及我们的先进,航班几乎都满满的。城际间很少还有人乘火车。要么乘飞机,要么自驾汽车。

美国的地铁我只在纽约乘过几次。古老而陈旧,完全不能和我国任何一个城市的地铁比。渡轮也类似。纽约海湾的渡轮和新奥尔良密西西比河上的渡轮,乘客都不多,渡轮也老旧。有轨电车,据说美国只有新奥尔良和旧金山两个城市还有,就像50年代上海的有轨电车一样。我都见了,但没有乘坐。无法想象没有小车的生活,但车流畅通,堵车现象比我们要少得多。

3. 住房和购房

很少见到多层和高层住宅建筑。美西和美南新兴城市的住宅多是一二层的独立屋(别墅)。就像我们大城市郊区的农民一样,住的都是别墅。我没有一个亲友住我们现在这种公寓房。我们小区的绿化,都有专职绿化工人负责,他们家家有自己的花园,下班回家,都在打理自己家的小花园,忙忙碌碌。我的亲友好像都没有一个有时间打麻将的。

4. 房产和房税

没有看到大批闲置的空房,没有听见有炒房族。每个亲友家都有自己的住房，都只有一套房。买房只是为了改善住房条件，有房就要交税，空置房就要多交税。

5. 饮食的启示

只要上餐馆用餐就要交税。快餐和大餐税率有很大区别。每人都知道自己今天在餐馆用餐时向国家缴纳了多少税。无论家里还是饭店用餐都不讲排场。家里烧菜或去餐馆点菜都不过量。剩下的饭菜都打包带走（这也是对厨师劳动的尊重）。从西到东家家如此。取所需于自己碗内，卫生又不浪费。客人也是分食制。上班族人人带午餐。国内饮食的浪费，尤其是在待客和婚宴上，这是陋习，绝不是好客。王朔曾经在一篇文章中写道：美国是物质很丰富的国家，丰富到大家都很糜烂的程度。他去到美国的感受完全不是这样。我也深有同感。

6. 退休和养老

退休年龄不分男女，没有统一规定。美国人退休都比我们要晚，多做奉献，晚年可以得到更好的待遇。他们比我们要忙碌而辛苦，也听不到国内那么多牢骚和怨言。

7. 警察和保安

几乎见不到警察和保安，见不到机关单位的院子、围墙和门卫。类似我们乡镇、社区、机关单位门口的许多块牌牌，在这里一次也没有见到。大学都无大门，看不到窗户上的"宝笼"（防盗窗）。

8. 吸烟和违章

在美国很少见有吸烟的。我印象最深的一次看见人吸烟,是在华盛顿,是我们的导游,一位东北籍的女孩子,旅客都解散了自由活动了,她独自一人时就在一旁吸烟。我的亲友中没有一个吸烟的。带了我们不走道路踩草坪的也是这位导游。

9. 勤劳和节俭

我们转了这么多家亲友,没有一家请帮佣的,家里的事都自己做。有困难的多是教会里朋友互相帮助。屋前屋后的花园草坪、栽种浇水、家庭绿化都靠自己。教授、高工都一样,家家如此。下班回家,都忙忙碌碌,有事情做。家庭保姆、专业绿化工、保安等,绝对没有国内的多。似是习惯、风气。

美国自然资源富足、自然环境优越,面积和中国相仿,人口只有我国的四分之一,是年轻人奋斗创业的好地方。但不一定适合中国老年人养老。

10. 亲情、友情和人情味

年轻时我们都接受阶级教育,世界上只有阶级情,没有超阶级的情。所以,在一个接一个的政治运动里,年轻人做出了许多六亲不认的荒唐事来。现在我终于去了世界头号资本主义国家美国,看到了这些受过资产阶级教育的亲戚朋友,还有许多并不认识的陌生人,发现亲人间充满了亲情,朋友、老同学间充满友情,社会上也很有人情味。

在亲人家里,听到过一句给我留下了很深印象的话:家庭不是讲理的地方,家里是讲爱和讲情的地方。甜甜和他的太太东青都是非常能干的人。能干的人常常个性都比较强。在家里,难免为一些家庭琐事生气,有时常常会想争个你错我对。一天说起此事,他说,家庭里,不是讲谁对谁错、谁有理的地方,家庭是讲爱、讲情的地方。对丈夫、对妻子、对儿女,有没有爱。如果有爱,爱他(她)什么?必定有值得你爱的地方。既然有值得你爱的地方,每个人有优点也必有缺点,爱他的优点,也就应该同时接纳他的缺点,不要要求他十全十美。互相要宽容,不要总想按你的模式去改变对方,要对方事事、时时都服从自己。有爱就会有情,对丈夫或妻子、对父母或儿女、对亲人或朋友,也就会有感情,讲情谊。越是能干的人,常常会比较急躁,甚至态度粗暴,但我们不能以暴对暴。我们这次到了八九个亲友的家庭,家庭关系都非常稳定,都很和谐,没有一对闹离婚或是再婚的。他们有的是同学,有的是在教会里认识的,都生活得幸福美满。

11. 民风家风

我去了这么多亲友家,回想起来,竟未遇见一个吸烟的,也没有一个嗜酒的或追求奢侈豪华的。每家每人都有业余爱好,或艺术、或园艺、或读书写字,兴趣广泛、品德高尚,对祖国、对中华文化、对亲人充满情谊。

我的父亲,不吸烟,不嗜酒(只喝一点家酿黄酒),不赌博。最大的爱好,唯有诗书、园艺。九姐妹的配偶中,除大嫂一人见过我父母外,其余无一人见过。奇怪的是,而今父亲在海外的亲属中,个个勤劳俭朴,其兴趣爱好,颇有我父亲遗传之家风。

12. 反思我们的时代

　　这次探亲之旅,见到了我的多位亲人,记叙了我们一家的许多故事。其实何止是我们一家,又如我姐夫一家,姐夫的两个妹妹,1949 年以后,也同两个南下的老干部结婚,他们家也同我们家一样是两岸分隔多年。在长宁家见到的她的一个远房姑姑,也是父亲去了台湾,母亲和她留在大陆,有着许多悲欢离合的故事。我的老同学夫妇两家在 1949 年后,都因有亲人在港台,有的亲人因此而备受磨难。我在温哥华的那位复旦同学,情况也非常类似,家家都有亲人分离的痛苦经历。都是在改革开放以后,放弃了以阶级斗争为纲的路线政策,提倡建立和谐社会,建立人类命运共同体,几十年来,才赢得了社会的巨大进步,人际关系的巨大变化。今天还有许多历史的真相需要让年轻一代知道,不要重犯往日的错误,才能在正确的道路上继续前行。

　　1945 年,鬼子投降;1949 年,祖国大陆,地覆天翻。我从一个少年,如今已成耄耋老人。一生经历,有许多事值得反思。要更多地反思如何在民族和谐、文化传承中去获得辉煌。一个家庭、一个民族、一个国家、整个人类,都是如此。世界才能成为人类命运的共同体。

　　我们回来了,我想起了一位同我们一样赴美探亲回来的友人写下的一些诗句:"太平洋上效飞天,才到西边,又想东边。"

　　我们回来了,在春天最美好的季节里。"春意融融,其乐融融,白发婆婆笑老翁。……聚也匆匆,别也匆匆,难得人生再相逢。"

附录：我的两个姐姐和姐夫
——纪念抗日战争胜利七十周年

2015年7月，我六个兄姐中的最后一位姐姐，我的大姐毛佩华也走了，在美国加州的硅谷。她是我兄姐中最长寿的一位，也是故事最多的一位，且有许多是同中日、中美两国有关……

我的父亲是陶行知亲自参与创办的浙江著名的湘湖乡村师范的首届毕业生。毕业后即留湘师任教，终生从事乡村教育。我一共有九个兄弟姐妹，五个姐姐中有两个是乡村教师。后来都成为军人，两个姐夫又都是抗日军人，但是两支不同军队里的抗日军人。父母的直系亲属，今天已经达一百六十多人，四代人里有二十多个教师，因而曾被誉为教育世家。但只有他们两家既有教师，又有军人，姐姐姐夫都有过教育工作的经历，而且第二代第三代都有教师和军人。他们两家有那么多的故事：相同的和不同的，都远离了家乡，长眠在边疆或异国他乡，都有着许多割不断的家乡情……

从乡村教师到巾帼女兵

抗战以前，我的父亲毛守诚在湘师毕业后即在萧山的闻堰当湘师附小的主任（即校长），大姐毛佩华跟着父亲在闻堰读湘师附小。我就出生在闻堰父亲在湘师工作时。抗战以后,父亲随湘师南迁浙南松阳、庆元,我们全家随湘师南迁,兄姐和我都曾在湘师和湘师附小就读。抗战中期父亲因祖母病故,回家乡余杭,在今天的余杭鸬鸟镇参加创办余杭简师并在简师任教,大姐是简师师训班的学生,毕业后在鸬鸟担任乡村教师。1944年大姐响应当时国民政府的号召,投笔从戎,参加了青年军。和她一起从军的还有我的表姐杨昌华、表哥杨昌苗(即杨天波)。表姐后病死军中,表哥在解放战争后期参加中共地下武装,是离休干部,他的事迹已经载入杭州市和余杭县的史志中。

除了大姐,我的三姐毛佩芬也曾是乡村教师。1949年11月即参加人民解放军。大姐和三姐都在各自的部队里,找到了自己的终身伴侣。

我的两位姐夫都是抗日军人

大姐夫王德洵,江西赣州人。他们王家是赣州望族,自幼读书,抗战开始已是高中学生,投笔从戎,1938年从中央军校14期炮科毕业。一毕业即上前线,参加了著名的昆仑关战役和宜昌战役,负过伤,他同期毕业的同学有三分之一都在那两次战役中牺牲了。他也负了伤,两次死里逃生。抗战胜利后他在上海吴淞要塞服役。大姐抗战胜利后到国防部嘉兴青年职业学校学习无线电通信,与在吴淞要塞的青年军官王德洵认识,在上海参加上海社会局组织的集体婚礼,当年上海的报刊曾经做过报道,在当时的上海也是十分时尚的一次婚礼。婚后大姐即去姐夫家乡江西,途经杭州,我正在今天浙大附中的前身明远中学就读初中,他们一起到学校里来看我。姐夫个子高大,是一位英俊潇洒的青年军官,这时抗日战争刚胜利不久,军人是抗日的英雄,有这样一位姐夫,我好自豪。去赣州后,大姐依然从事教师职业。在1949年的大动荡中,大姐夫随国民党军队去了台湾,大姐把不满周岁的儿子留在大陆交爷爷奶奶抚养，自己跨海寻夫，历尽千难万险，经海南岛去了台湾，找到姐夫。姐夫去台后在军事院校任主任教官。教过军事史，其专著《拿破仑战争史》，曾是当年台湾高等学校的军训教材。他们在台湾又生育了四个儿女，在台湾的眷村里生活了漫长的岁月。大姐是我们兄弟姐妹中儿女最多的一个。20世纪70年代起，她的儿女相继赴美留学，移居美国。80年代，大姐夫妇也飞越大洋，成了美国公民。

2012年春天，我和妻子一起去美国探亲。我大姐夫妇住在加州硅谷他们的女儿家里。那时姐夫已年过九旬，身体很差，患有多种疾病，在家中行走，也要手扶拐杖，但头脑清醒。当时国内媒体和加州的中文报纸《世界日报》都在连载白先勇写他父亲白崇禧的生平事迹，报上详细介绍着白崇禧指挥的昆仑关大捷。姐夫是昆仑关战役的亲历者。他立即向我回忆起当年往事，告诉我他参加昆仑关战役的经过。那时他刚刚从中央军校毕业，他们一届同学共1502人（我非常惊异他记得那么精确），全部都上前线，担任中下级军官，牺牲非常大，有三分之一都牺牲和负伤了，他也负了伤，两次死里逃生。讲到此，他情绪有些激动。这时我外甥女连连向我使眼色，悄悄告诉我，她父亲的心脏搭过多处支架，不能让他太激动。我赶紧转移话题。我已经看出他是很为这段抗日历史感到自豪的。后来他的第四个孩子、现任佐治亚理工学院教授的王长宽又告诉我，在战地伤兵医院时，鬼子来偷袭，他手负伤，腿脚仍利落，跑得快，来不及跑的伤员都被鬼子残忍地杀害了。长宽为我描述得非常具体生动，包括许多细节，说明他父亲把这段历史都详细地告诉了自己的儿女们，这是他非常引为自豪的一段历史。

我的三姐抗战时就读于湘湖师范，抗战胜利后毕业于嘉兴师范。毕业后在嘉兴和余杭担任过乡村教师。1949年11月参加中国人民解放军。参军后在解放军13步兵学校当文化教员，与步校的教导员苗发嘉结了婚。三姐夫是苏北人，1941年参加八路军，也曾是抗日军人。后来姐夫调杭州西湖边的华东军区干部疗养院(即今天杨公堤上的南京军区陆军疗养院)任办公室主任,后又调玉皇山脚下海军疗养院旁边的浙江军区干部子弟小学(当时叫西湖小学,校址即今天的杭师大音乐学院)担任副校长,三姐也随调到该校担任教师。他们学校的干部教师,都是现役军人。都称呼他苗副校长。三姐的长子苗勇就诞生在西子湖畔。1955年我以调干生身份报考大学时,就住在西湖小学他们家复习功课。我考取了复旦新闻系,部队刚改薪金制,姐夫把刚买的一块当时十分流行的日本表送给我,我成了我们宿舍里唯一有手表的人。那块表价值88元,而当时我们调干生每月的助学金是25元,我们大学生一个月的伙食标准是12元5角,困难学生每月的助学金是甲等4元,乙等3元。可见这块表的价值。他送我的另一件礼物是部队供给制时发的一双军官皮鞋,牛皮底,后跟钉有铁掌,走起路来咯噔咯噔响,好精神,也是我们宿舍里唯一的。同学中很少有人穿皮鞋,有穿皮鞋的,也都是CC底、软底的,走起路来没有声音的。军官皮鞋特耐磨,我穿了五年还好好的,1962年我结婚了,又把它转送给了我妻子当农民的弟弟。1957年三姐夫妇从浙江军区转业到地质部三峡队工作。三峡工程下马后全队调往新疆,三姐夫到新疆地质局测绘大队,先后担任大队长和党委书记,直到离休。三姐在新疆地质局子女学校担任教师,直到退休。

沉重的包袱

大姐随姐夫去台以后,就和我们断绝了音讯。在以阶级斗争为纲的岁月里,在解放以后的历次政治运动中,我们和三姐都不断地提高自己的政治觉悟,坚决同坚持反动立场、追随蒋介石去台湾的大姐大姐夫划清界限。三姐在我们大陆的姐妹中觉悟最高,立场最坚定,最先加入中国共产党。但在1957年的反右风暴不久,她的预备党员资格还是被取消了。一直到十一届三中全会以后,她的党籍才恢复,她的预备党员的预备期长达22年。姐夫在1959年因为跟不上"大跃进"的形势要求,坚持实事求是的原则,被打成右倾机会主义分子。加上我们家的社会关系,他再没有提升职务的机会。三姐在地质局子弟学校当了一辈子教师。

不只是三姐,已经是革命干部、共青团员的我,也坚决和大姐夫妇划清界限。我的父母早已过世,当时我还有两个妹妹也都未成年,大姐去了台湾,杳无音信,大哥蒙冤入狱,被判重刑,我们都和他们划清界限,断绝联系。后来两个妹妹上学、工作都得到过三姐夫妇的帮助,三姐夫妇为培养教育两个妹妹,尽心尽力,我和两个妹妹在结婚成家之前,三姐夫妇是我们最亲的亲人。我的两个妹妹都曾经是共青团员,后来又都参加了党,六妹还曾是乌鲁木齐市的劳动模范。我们那时都同大姐大哥划清界限,虽然在心里有时也会悄悄地想念他们,我曾经幻想过我的姐夫有一天能弃暗投明,回到祖国怀抱,为人民立功,我也可以放下家庭社会关系的沉重的政治包袱。

•

割不断的骨肉情

大姐夫妇去台后,历经坎坷,他们一起走过了一个多花甲。除了大儿子当年留在大陆交由祖父母抚养外,他们在台湾又生育了四个儿女。大姐的儿女们在台湾的眷村长大,他们有的同马英九是同学,有的和邓丽君熟悉,2012年我去美国探亲时,他们都会回忆当年在台湾眷村的童年往事。去台后不久,大姐夫妇都皈依了基督教,后半生都成了虔诚的基督徒。从20世纪70年代起,大姐的儿女先后赴美留学。学成后都留美工作,后来他们夫妇连同留在大陆的大儿子也都先后移居美国。现在已经有了十多个孙辈,加上他们的配偶,已经有二十多人。尼克松访华,打开了中美两国交往的大门,最先去美留学的女儿长宁就从美国往大陆写信,寻找失联几十年的大陆亲人。大姐去台时,我和我的两个妹妹都还没有长大成人,更不知道我的两个妹妹在当时的政治环境下都改了名字,大姐只告诉长宁我三姐佩芬的名字和曾经担任过乡村教师的学校。最早的信,寄到了余杭县的黄湖小学,那时还是"文革"时期,三姐知道后,就向我表示,绝不再和大姐有任何来往。外甥女长宁又打听到我的地址,给我来信。那时我在柴达木的戈壁滩上,在一所中学里任教,刚从"牛棚"里解放出来,还如惊弓之鸟。当时情景,后来我写过一篇《第一封海外来信》,发表在《情寄中华》上。我把来信交给组织先拆阅,它可以证明我以前同大姐一家是划清了界限、没有任何联系,并要求组织上把外甥女的第一封来信放在我的档案里,以证明我的清白。组织上表示我可以和他们通信,从此开始了我们兄弟姐妹间的间接联系——通过在美国留学的外甥女联系。20世纪80年代末,海峡两岸关系开始解冻,大姐从美国回来探亲,我去上海虹桥机场接她,在分别四十年以后,我们带着泪花拥抱在一起,新疆的三姐和广州的妹妹也都回来团聚。大哥的冤案已经平反,兄弟姐妹九个,一个不少一起回到余杭乡间鸬鸟白沙,团聚在父母的墓前。这是我们九兄妹唯一的一次团聚。

对故国故乡的眷念

大姐夫妇走过了一条坎坷的路。晚年他们笃信上帝,既爱美国,又眷念祖国。海峡两岸关系解冻以后,他们几次回国探亲,想叶落归根,回到祖国大陆定居养老,在江西赣州和浙江杭州之间,反复比较,最后,在20世纪末,他们选择了余杭临平,购房定居,住在临平的天都花园。我那时是省政协委员,曾陪同省黄埔同学会徐岩华秘书长一起专程到临平看望过他。他们在临平住过多年。十年前的五一节,我们一家几十人曾经在临平的水乡博物馆又团聚了一次,至今在余杭的网站上,还有我们那次团聚的报道。因为大姐夫妇的子女和孙辈都已经移民美国,他们自己也都已经入籍美国,晚年离不开亲人的照顾,他们最终又回到了美国加州的硅谷,和他们的女儿长宁住在一起。夫妻俩都活到高龄。姐夫在 2014 年 12 月 13 日,我国第一个国家公祭日去世,享年 95 岁。

我的三姐夫苗发嘉,大跃进年代里去新疆,一去几十年。在测绘大队,他担任大队长和书记一直到 80 年代离休。他深入基层,跑遍了天山南北,廉洁奉公,在地质系统有口皆碑。姐夫为人看去比较严肃,不苟言笑,工作认真负责,无论在杭州的省军区子弟学校,还是在新疆地质系统,他在单位里都声誉很好。据说他在地质系统资格很老,职务不高,威望很高。20 世纪 90 年代初,终因积劳成疾,被癌症夺去生命。他去世时,新疆地质系统为他举行了隆重的悼念仪式。测绘大队送他的挽联是:

山川含泪,声声呼唤老书记;
举队同悲,地质又少一栋材。

三姐夫妇虽然看到了两岸关系的解冻,三姐夫却没有能等到大家团聚的一天。三姐夫和大姐夫,我的这两位同是抗日军人的姐夫,还是没有能够见上一面。三姐夫是老八路,解放后曾在风景秀丽的西子湖畔工作多年,他们家曾经是我和我妹妹的家,给了我们许多亲人间的关爱,三姐夫曾是我们最小的三兄妹最亲的亲人。但是他再没有能够回到他工作过的西子湖畔,永远长眠在天山脚下了。

奋斗改变命运

我的大姐非常能干,是我们兄弟姐妹中最能干的一个,靠自己的奋斗,改变了自己的命运,成了我们兄弟姐妹中最幸福的一家。她15岁时,日寇下乡骚扰,父亲在萧山随湘师南迁,母亲怀孕带了我们几个弟妹逃难到余杭鸬鸟全城坞村。鬼子来时,她帮助母亲逃难到凌家山上,躲了一个多星期。母亲在荒山野岭上分娩产下我的六妹,是大姐为母亲接的生。80年代她移民美国后带回来的第一盒录音带,就详细叙述了在鸬鸟全城坞逃难的经过。

因为女孩多,外婆做主,把她许给一个有钱人家做童养媳。婆婆很凶,用柴棒打她,她把柴棒夺过来到外婆家向外婆告状,坚决不去做童养媳。在父亲支持下,她进了余杭简师附设第一届师资短训班学习,成为乡村教师,以后又从军抗日,改变了一生的命运。

三姐是最听话,学习最努力,也是我们姐妹里学习成绩最好的一个。小时听父母的话,妈妈也最宠爱她。父母去世后,听兄嫂的话。参加革命后,听党的话。一生虽有过挫折,但没有大坎坷。一生就在学校、部队、学校中学习和工作,她学习努力,工作勤奋。除了抗战时期,随了家庭和湘师迁徙到松阳、庆元等地,一生的绝大多数时间,就在两个地方:浙江和新疆,两个城市:杭州和乌鲁木齐,两个部门:学校和地质部门工作。得到过许多荣誉,晚年还写过不少小文章,发表在乌鲁木齐地质系统和家乡余杭的报刊上。她的一家也是我们大陆兄弟姐妹中最幸福的,她学习、工作都非常努力,也是自己奋斗出来的。

大姐有五个孩子——四个儿子和一个女儿,三姐也有四个儿子。我们兄弟姐妹中,就他们两家子女最多,受教育最多,生活得最幸福。

三姐的四个儿子,上学时正赶上"文革",没有一个能上大学。他们的学历文凭都是改革开放以后,自学奋斗来的。老二苗健,担任过地质子弟学校的校长,退休以后,又担任民办高校的领导。而第三代四个孙女,都赶上了好时光,个个受过高等教育,是博士硕士,最小的还没有毕业,是上海交大的博士生。三姐活到80岁。在她虚龄80时,儿孙们把她写的文章,编印了一本《晚秋纪事》,又为她祝寿,拍摄了一个碟片留作纪念。三姐一再说,我知足了,我已经没有遗憾。在她80周岁生日的前一天,自己洗菜做饭,准备招待回来探亲的孙女和她的未婚夫。正在洗菜时突然昏晕,卧床休息,再没有醒过来。脑梗去世,没有痛苦,没有遗憾。

前辈事业有传承

我的这两个姐姐和姐夫,他们的第三代,还都有多人从事教育事业。尤其是我的大姐一家,更值得一书。他的长子王长宏,年轻时在井冈山文工团搞美工,对美术既爱好,又有基础,现在在休斯敦创办王长宏美术学校,在美国的华人中颇有影响。他妻子杨月梅,毕业于天津师院外语系,是休斯敦华人中文学校的校长,经常出现在华侨华人的活动里。在休斯敦华人报刊上,经常看到他们夫妇的名字。大姐的二儿子长安是造船和建造海上石油平台方面的专家,已经退休。二儿媳的父亲是著名莎学专家虞世昌先生。虞世昌先生是浙江海宁人,毕业于之江大学,终身从教,朱生豪未能译完的莎士比亚全集,是他译完出版的。21世纪初,海宁举行虞世昌先生百岁冥诞纪

2016年长宏夫妇去新疆,和苗家亲人合影

念,他们夫妇都应邀参加。大姐的二儿媳也非常能干,大学一毕业,留校当助教时就有中西烹饪方面的专著问世。大姐的四子王长宽,夫妇俩都是博士,佐治亚理工学院教授,经常回大陆参加学术和教学活动。大姐的女儿长宁,夫妇俩也都非常优秀。2012年我们去硅谷探亲时,当地的《世界日报》上刚刚刊登了关于她的事迹的长篇报道。他们有五个儿女,五人的名字,都带有一个中字:冠中、慧中、耀中、怀中、祐中,表现了他们一家对中华的深深感情。除了她女儿慧中也是教师以外,巧的是,她的一个儿子耀中,2015年刚刚从美国的哥伦比亚大学博士毕业,这是陶行知在美国留学的母校。杭州娃哈哈集团的双语学校去美国招聘双语教师,他签约应聘,来杭州他外婆的家乡任教,继承陶行知先生和我的父辈开创的现代教育事业。

第二部分

加拿大记游

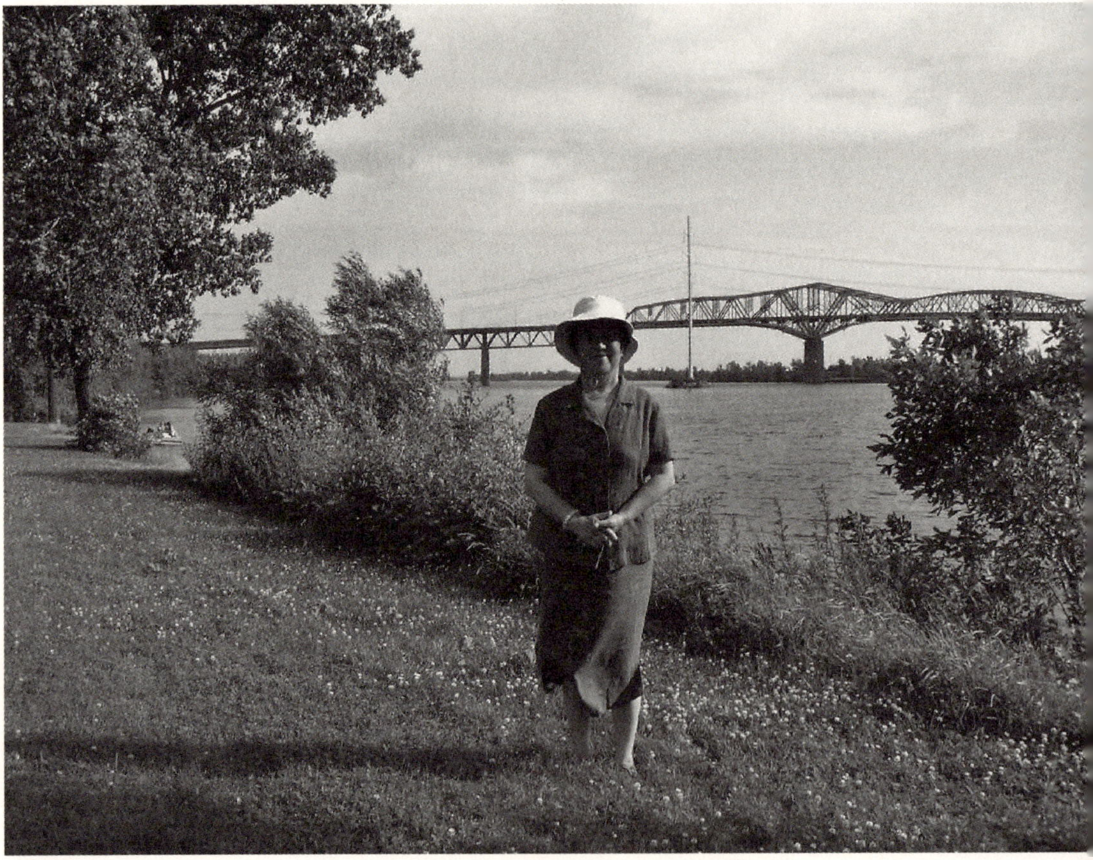

题　记

　　这是我第一次跨出国门写下的一些随笔。因为儿子在加拿大读博,使我和我妻子有机会去加拿大的蒙特利尔住了半年。没有照看孙辈的任务,在蒙城我们又认识了同是退休教师的两位浙江杭城的老乡,在她们的帮助下,我们参加了蒙特利尔华人大家庭的一些活动,游遍了蒙特利尔城。和亲人、同胞们在一起,使我们这半年过得非常愉快和充实。我们还去了加东的一些城市渥太华、多伦多、魁北克,并且还到旅游名胜千岛湖漫游,到尼亚加拉观瀑,到大西洋边的加斯佩半岛观鸟,留下了许多珍贵的记忆。加拿大我接触最多的是20世纪末新世纪初大陆去的移民和探亲的同胞。让我感受最深的是同胞们对祖国、对中华同胞的亲情。这些内容可分为四个部分:

一、对加拿大的总体感受和介绍;

二、在加东的旅游;

三、我们在蒙城的生活;

四、归途中在温哥华的一周。

　　希望能给读者带来知识、兴趣和快乐。

2017年1月7日

第一章　加国记游

1. 初出国门

改革开放以来,我们的国门虽说早已经打开,但我还从未跨出过国门。以前到过一次香港,也是在香港回归以后,不能算出国。

2006年5月18日下午,次子毛文驾车把我们从杭州直接送到上海浦东机场。雨一直下个不停。上机时当然没有受任何影响。我同老伴从上海浦东机场起飞,十几分钟后飞机穿出云层,高空里正阳光灿烂,能从云层的上面欣赏这美丽的天空,十分难得。机舱里的电视屏幕上显示了本次班机的飞行路线图,先向东北,再向东南方向,转一个大弧形。虽是夏天,6点多钟天就渐渐暗下来了。不久,大半个月亮在天空中出现,已是下弦月。升起晚是正常的,但始终升不高,直到11点多,东方开始黎明,月亮从机窗的右前方转到了右后方,但还只停留在二三十度的高空。开始我弄不明白,后来我突然意识到,飞机是在高纬度地区飞行,月亮是升不到头顶上的。同时我也终于理解了为什么飞机要飞一个弧形,不飞平面地图上的直线——在高纬度地区,弧形才是最近的距离。以前书本上学过的地理知识,终于有了亲身的感受。

我的表上约12点,机舱外天已经亮了,空姐走过来示意我关闭窗户,让机舱依然保持夜晚的幽暗,让乘客可以安静地休息。电视屏幕上继续在播放节目,但没有任何声音,好像是看无声电影。看到有的乘客利用座灯在看书,有的乘客戴上耳机在看电视,我才知道每个座位上发的一副耳机是干什么用的,才体会到飞机航班上的人性化服务。这是我经历的最短的一个夜晚,因为飞经了国际日期变更线,我从18日的下午,又飞回到了18日的上午。飞机在太平洋上空飞了很久,终于我看见了陆地。临近温哥华,飞机从西北向东南方向飞行,北美洲太平洋沿岸的群山,大概是洛基山脉吧,山顶上的积雪像鱼鳞般闪闪发光。飞机越飞越低,可以清楚地看见海洋和岛屿的轮廓了,雪也一点点少了。

飞机飞行了大约15个小时,北京时间8点半,平安、准时降落在温哥华。这里已经是中午12时半了。温哥华和国内的时差晚16个小时,我们从下午回到了中午。

2. 温哥华转机

我终于踏上了异国的土地。

从上海到蒙特利尔没有直航班机,必须在温哥华转机。我既不懂英语,又没有国外旅行的经验,在不到两小时时间里,如何顺利转机是我最发愁的事情。行前有从加拿大探亲回来的朋友告诉我,我已年过七旬,可以申请"老年轮椅"请求帮助。我在飞机上找了一位姓姚的华人空姐,她答应到温哥华要我们下机时等她,她会帮我们找的。因为我们下机时在前面,心里不踏实,就跟着机上刚认识的要转机去蒙特利尔的一家华人急急地到了出关处。可是我们表没有填好,自己又不会填,队伍排得很长,正焦急时,我看见那位姓姚的空姐下班出来了,赶紧向她求助。她说一直找我们不到,现在她已经下班,无能为力了。我们只有再三请她帮助,这时海关工作人员中一位会汉语的加拿大人把我们领到另一个出口,那里有专门的翻译帮助填表,但也要排不短的队。不一会儿,刚才那位姓姚的空姐领了一位身材娇小的华人小姐来了,把她介绍给我们,请她帮助我们转机。这位小姐不仅英语和汉语十分流利,汉字也写得很漂亮。她很快帮我们填好了报关的表格,帮助我们顺利出关,又领我们去取行李,把托运的行李一件件找到,再自己拉到去蒙特利尔的班机窗口,帮我们签好当班去蒙特利尔的机票并托运好行李。这一切办得非常顺利和快捷,很多人还在排队的时候,我们已经全部办完了手续。她又指点我们上机的通道,这时离飞机起飞已经只有二十多分钟。温哥华是一个很大的空港,我估计国际国内航班不会比我们上海的浦东机场少,后来知道,有的懂英语的年轻人转机时都没有赶上这班飞机。我们真不知道如何感谢那位小姐好。我曾想和她拉拉乡情,问她老家是哪里。她说,是台湾过来的华人。我突然想到大概要付一笔小费吧,就赶紧问她,是否要收取服务费。小姐笑着回答,不用的。也没有像大陆有的部门,明明服务得并不到位,却偏偏要拿出一张表格,要你为他(她)的服务评分,并且直言要你打优。让你无可奈何。这位小姐陪同我们时,那么热情、熟练,又不收取分文小费。她和加航班机的那位空姐,我不知道她们都是加籍华人,还是华侨同胞,她们也许只是做了自己分内应做的工作,而我却把她们对我的帮助,永远深深地记在心中。加拿大给我的第一个印象,就是这样充满了关爱和温情。

3. 初到蒙城

从温哥华登机继续飞行。这是加拿大的国内航班。机舱里的乘客不像上海到温哥华的航班里大都是华人,乘客大都是西方人,我们认出了几位上海同机来的乘客。起飞不久天就黑了。五个小时以后,飞机在夜幕中抵达蒙特利尔。没有大片强烈的灯光，只有分散在山坡和树丛中发出的几缕光亮，这就是来到加拿大大都市的感觉。飞机降落时机舱里鸦雀无声，安静极了，只听得到飞机的轰鸣声。又遇到了下雨。我们在雨中起飞，雨中降落，只在温哥华看到了灿烂的阳光。我们下机时没有受到影响，旅客通道也不会被雨淋，但领取行李却等了很久。因为雨太大，机场怕把旅客的行李淋湿。在温哥华签转机机票时我就用全球通告诉了儿子，这时儿子已在门口接我们。经说明他被允许来到里面帮我们搬取行李。几百人安静地在传送带旁寻找着自己的行李，找见了就自己取走，不查机票，不查行李票，也没有什么领取手续，好像也没有听说有拿错的。在等候行李时，我们又和国内的孩子通了话，报了平安。一路顺利，加上现代通信工具的帮助，今天的旅行，的确是一种享受。

我不禁想起了50年代末大学毕业去大西北时，从西宁到柴达木当时的首府大柴旦，七百公里路乘汽车走了四天，一路上挨冻受饿，接着是几个月和亲人们失去联系。可是比起我们的先行者们，比起比我们条件更差的人群来，我们又已经是幸运者了。将近半个世纪，变化之大，既有科技的进步，更有社会的原因，能不感慨么！

4. 美丽的蒙特利尔

在杭州的时候，就曾经听一位来过蒙特利尔的朋友介绍，说蒙特利尔如何如何美丽，她还写了《美丽的蒙特利尔》一文发表在《浙江日报》上。作为杭州人，尤其是近些年来杭州有了日新月异的变化，杭州的美丽是到过杭州的人有口皆碑的，她把蒙特利尔说的有许多地方似乎比杭州还漂亮，我总有些不太相信。诚然，今天国内已经有越来越多的人在夸赞自己的家乡好，爱自己的家乡，这无疑是一件好事情，我过去也常借家乡的先贤龚自珍的诗句

"踏遍中华窥两戎,无双毕竟是家山"来为我家乡的湖山美景自豪,可是这次到蒙特利尔一看,真是开了眼界。虽然杭州的确太美了,但蒙特利尔的许多景色是杭州见不到也无法想象的。圣劳伦斯河畔那绵延几十里的绿色河滨,河畔路旁的社区民居,市中心皇家山下的地下商城……没有亲历其境,真是想象不出来,仿佛把香港铜锣湾搬到地下城来了。什么叫国际大都会,什么叫现代化发达国家,什么样才叫国际风景旅游城市,总算都有了感性的认识。特别是蒙城发达的地上和地下的公共交通系统,它管理的科学与给人带来的方便,也是在国内无法想象的,只要说每路公交车经过每个小站的时间都同国内的火车一样准点,就会让国人惊诧羡慕不已。但这些都还是表面上的。让我感受更深的是,蒙特利尔人,特别是一些新老移民的日常生活,蒙特利尔的城市管理,都使我有机会亲身体验,近距离的观察、思考。

5. 好大的加拿大

我终于来到了加拿大。加拿大、加拿大,你究竟有多大?它的国土面积比我们中国还大。人口还不到我们的 3%。有许多地方和我们的祖国大不一样。我们的祖国,周边都是邻国,仅陆地上的邻国就有 14 个国家;加拿大比我们还大,陆地上却只有一个邻国——南面的美国。东西北三面都是大洋,是世界上海岸线最长的国家。它的许多资源,都是全球第一。像淡水湖面积,就占全球 15%,居世界第一。它拥有和美国分享的全球最大的七个湖泊,湖面超过 1000 平方公里的湖泊就有 39 个;加美边境著名的五大湖中最小的一个安大略湖,面积就有 1.9 万平方公里,比我们全国的湖泊合起来还大。哈得逊湾是它的内海,渤海湾是我们的内海。哈得逊湾的面积是渤海湾的 80 倍。我们国家,什么资源只要拿人口一平均,排名就很落后了,加拿大许多资源,世界排名前列,拿人口一平均,更不得了了。它的行政区划,全国一共十个省,还有三个地区。其中有一个叫西北地区。我们也有个西北地区,我们通常称它为大西北,是全国平均人口最稀少的地区。我把它们一比较,更是大吃一惊。我们的大西北,通常指陕西、甘肃、宁夏、青海、新疆五省区,加在一起的面积约 310 万平方公里。加拿大的西北地区,面积是338 万平方公里,比我们的西北五省区加在一起还大,比印度全国还要大。我们大西北的人口近一亿人,印度的人口是十亿人,加拿大的西北地区人口是 5.2 万人,只有我们的两千分之一。这才叫地大人稀。

全球最长的 20 条河流中,加拿大占了三条。1000 公里以上的河流它有 16 条,分别流入三大洋。最长的河是马更些河,长 4200 公里,是流入北冰洋的最长河流。

加拿大面积最大的省是魁北克省,面积 154 万平方公里,占全国 15%,人口占全国的 25%。面积是法国的三倍,英国的七倍。我们要去探亲的蒙特利尔就在魁北克省。加拿大最重要的,被称为加拿大母亲河的圣劳伦斯河的中下游就在魁北克省。

6. 首都渥太华

渥太华是加拿大首都,位于加拿大最大的两个城市多伦多和蒙特利尔的中间,距蒙特利尔二百多公里。蒙城有许多家华人旅行社每周都会组织渥太华一日游,给人印象最深的景点要数总督府、国会山和文明博物馆了。

总督府实际上是个非常漂亮的大公园。人们全天都可以自由出入,也不用买票,里面有棒球场、露天剧场。我们去的那天,许多人在听音乐、打球,可以自由拍照游览,与普通的公园没有两样,只是这里的树木格外茂盛,特别漂亮。真正总督办公的地方,在大门进去约一公里处一座很不起眼的白色楼房里,比我们国家许多乡镇政府的办公楼还要简朴。办公楼前几十米的地方有两位站岗的卫兵,穿着18世纪的军装,纹丝不动地站在那里。完全是礼仪兵。有很隆重的换岗仪式,供游人欣赏,正好被我们遇到。我想起了天安门的升国旗仪式。游人可以随意站到两位卫兵身边和他们合影。只有你要进入办公楼时,才会有人出来示意不可随意进入。

国会山也是一个类似公园的旅游景点,虽称为山,其实只不过是一二十米高的小高地而已。背靠渥太华河,中间是雄伟的国会大厦,大厦前是广场,围绕大厦三面有许多名人雕塑。有许多拍照的景点。也同总督府一样,任人游览。就是大厦的大门口,也没有看见警察和保安人员。给人印象最深的就是到处显示出和谐社会的景象。

与总督府卫兵合影,背后的两层楼房即加拿大总督府

文明博物馆在国会山后面,隔了一条不宽的渥太华河(大概只有上海外滩的苏州河这么宽)。博物馆规模很大,共分四层。从远古到今天,包括各个不同族裔的多元文化,有许多专题展厅,但如果不懂英语和法语,参观的效果会受到影响。有多种文字的导游图,原先没有中文的,现在已经有了中文导游图,说明对中国游客已经重视起来。在这里,如果能多花点时间,绝对是值得的。

7. 古城魁北克

魁北克是加拿大最古老的城市。1608年建城至今已有四百多年历史。从蒙特利尔向东沿圣劳伦斯河行二百多公里就到了魁北克省的省会魁北克市,它是北美十大旅游城市中加拿大入选的四座城市之一(其他三座是:蒙特利尔、多伦多、温哥华)。人口中82%讲法语,12%讲英语,6%讲其他语言。从蒙特利尔去魁北克旅游,沿圣劳伦斯河南岸或北岸,有两条高速公路相连接,许多旅行社都在组织当天来回的一日游。我们因为有复旦老同学、浙大教授张大芝兄的公子张沪一家移民在那里,我们在蒙城半年,一定要去看看他们,同时也可以由他们导游,玩得更加自由自在,决定由儿子自己驾驶刚买不久的马里布去游览这座北美名城。

8月6日,星期天。从蒙特利尔出发,车行两个多小时就到了魁北克。张沪在加班。他太太小陈和女儿咪咪陪了我们一天。我们先找地方停车。这是一个巨大的地下停车场,每层至少有几百辆车的泊位。停好后我们登楼梯一层层向上走,一连登了七层,每层都可以停泊数百辆汽车。这个停车场一共可以停多少辆车啊,我正想象这是一座怎样高大的建筑物,我们却从一个很不起眼的小门里出来了,什么楼也没有见,回头只见半山腰上一片大草坪。原来这个大停车场是建在山底下的。魁北克同蒙特利尔一样,城市建筑在河边的一座山上,如果停车场可以建在山洞里,杭州市区、西湖边有多少山呀,现在国内城市里停车也是非常困难的。我不禁浮想联翩。加拿大是个地大人稀的国家,竟如此精打细算地充分利用城市里的珍贵土地资源,对我们应有所启发。

  大草坪就是大公园,英国和法国为争夺这块殖民地曾进行过百年战争,这里就是当年的古战场之一,现在叫"战场公园",美丽而宁静。谁能想象这里曾经发生过惨烈的战斗:在一个大雾弥漫的早晨,法军还没有看清敌人,英军仅用了15分钟就呼啦啦攻破了城堡,占领了魁北克,法军为麻痹大意付出了血的代价。幸好当时的英国同时还要面对美国的扩张,终于跟法国达成妥协,使法国的利益没有受到太大的影响,法国的语言、文化得以在魁北克保存、传承和发展,丰富了加拿大的多元文化。今天的魁北克被誉为北美法语文化的摇篮,是联合国审定的世界文化遗产之一。我们沿山坡缓缓而上,阳光明媚,游人不绝。山上还有保存完好的古炮台,现在已被辟为军事博物馆,供游人参观。山不高,山顶也十分平坦,是眺望圣劳伦斯河和旧城景色的最佳位置,有新建的观景亭。

  从山上下来,我们经过有点像中国式的城门进入老城。全城没有几座高楼,同现代化大都会风格迥异,市区保留着18世纪法国的城市风貌。这天正逢新法兰西节,是当地最盛大的节日。路易十四时期,这里被建为新法兰西省,是这里法裔居民最辉煌的历史和骄傲。魁北克城居民以法裔为主体,居民都讲法语。据说,外来游客如果会讲法语,当地人便会对你格外热情和亲切。我们在老城区,看到了节日狂欢的场面,它完全不同于蒙特利尔的节日场面。蒙城是现代化的大都会,是在宽阔的马路上和广场上游行和观赏节目。这里却都是17、18世纪的法国都市风貌,狭窄的街道,又是在很陡的山坡上,许多地段还是古老的鹅卵石街面,还是一级一级台阶,车辆也无法通行,只见穿着节日盛装的拥挤的人群,叫着、喊着、唱着、跳着,尽情地表现着自己的欢快情绪。两边都是店铺,也有摆地摊的,演街头剧的,加上外地游客,可谓人山人海,熙熙攘攘,热闹非常。当我们为他们拍照或和他们一起合影时,他们都显得非常高兴。老城有几个著名景点:胜利圣母大教堂(有的称它为圣安娜教堂,圣安娜是耶稣的外祖母,1690年为纪念打败英军而命名,又译为"凯旋教堂");旁边相隔不远就是著名的艺术画壁,一座四层楼房,窗户里一个个穿着18世纪服饰的人几乎可以乱真,据说其中有一个就是大名鼎鼎的新法兰西省的总督桑普兰,今天魁北克和蒙特利尔的圣劳伦斯河上都各有一座用他的名字命名的大桥;向上不远处就是魁北克城的标志性建筑物——古堡大酒店。

魁北克与蒙特利尔一样,都是依傍加拿大的母亲河——圣劳伦斯河的城市,主体在河的北面,小部分在河的南面。在魁北克城的河南岸仅20分

魁北克新法兰西节,和穿古代服饰的市民合影,两边是我老伴和大芝的孙女

钟车程即可抵达魁北克水晶瀑布。虽比不上尼亚加拉大瀑布那么著名,但比起国内我见过的浙赣两省的一些瀑布来,高度不及,而宽度和水量却远远超过。正面有铁索桥,是观瀑的最佳处。

魁北克人口约 70 万,只能算中等城市。90％是法裔。据说华人仅数百人。旅游是它的支柱产业之一。中国人来这里旅游的还不多,中文旅游资料还很难找到,旅行社的资料非常简略。要懂英语、法语就方便多了。

游完这几个著名景点已是傍晚。张沪已做好一席丰盛的晚餐在等候我们。他们移居这里还不到三年,夫妇俩加上孩子,三个人都在学习,生活却已经安顿稳定。这里的居住环境非常优美,属于高档住宅区,房租却并不很贵。真令人羡慕。

暮色中我们启程,走高速公路,两个半小时后顺利返回蒙特利尔。

8. 千岛湖风光

一提到千岛湖,立即会想到我们浙江的千岛湖。但它和加拿大的千岛湖不仅相距遥远,风格也完全不同。在北美,加拿大的千岛湖的知名度比我们中国的千岛湖要大得多。它的面积是我国第一大湖鄱阳湖的四倍,是我们浙江的千岛湖的四十倍。我们的千岛湖是人工湖,历史短,湖面也比它要小得多,加拿大的千岛湖是大自然的杰作,是加美边境的圣劳伦斯河中比较开阔的一段,它的另一个名字叫安大略湖。加拿大的安大略省即以该湖命名。安大略省面积在加拿大全国数第二,人口全国第一,占全加拿大的 36％。安大略的意思就是"美丽的湖"。湖中有 1865 个大小岛屿,过去在我国出版的地图册中称它为圣劳伦斯群岛国家公园,以自然风光和美丽的别墅建筑著称。圣劳伦斯河是安大略湖通向圣劳伦斯湾和大西洋的通道。它的水势平缓,没有急流险滩,大西洋的巨轮可以通过它通向五大湖流域。千岛湖里的岛屿也不是一座座陡峭的山峰，而是平静如镜样的湖面上的沙洲，它更像西湖里的岛屿，只是岛屿多，范围大，有的地方湖面宽阔，一望无际。岛屿可以自由买卖，都属于私人，岛上建的都是私人别墅，风景绮丽，导游还会向你讲述许多美丽的故事。有一段河面是加美两国边界，乘游览船在湖面上行驶，在岛屿间穿插，有时在美国境内，一会又回到加拿大境内，如果要登陆美国岛屿，就要有美国的签证才可以。

湖中的岛屿一个个都似杭州西湖里的湖心亭、三潭印月，湖面平静，湖水清澈明净则更有过之。远望烟波浩渺，则又如太湖，偶尔可望见来自大西洋的海轮，由此可上溯到五大湖沿岸的美加各大城市。这是在西湖和太湖里都见不到的。

我们还看到一个形状像心脏的岛屿，称为心岛（Heartisland）。纽约一富商购买后在岛上建造了欧式的古城堡，准备给太太做生日礼物。可是没有

爱情岛上的古堡式建筑

多像西子湖上的三潭映月

等到那一天,太太遇车祸丧生,富翁再没有登上该岛。现在这里成为著名的旅游胜地,岛屿也被称为爱情岛。古堡共有 120 个房间,岛上有游泳池等许多豪华设施。游览船绕岛一周,可以饱览她的美丽建筑和自然风光。

9. 安大略湖畔的多伦多

大多伦多地区有 1000 万人口,占加拿大全国人口的三分之一。20 世纪 80 年代起超过蒙特利尔成为加拿大第一大城市。将近多伦多时,导游就提醒我们关注多伦多的高速公路网。呵呵,真让人吃惊。双向各两组四车道共十六车道的高速公路平行向前伸展,密集的车辆在车道上飞驰,这场面,这阵势,这才是世界级的现代化大都市。至今国内也还没有听说过有十六车道的高速公路。虽然已经进入市区,已经可以看见远处的高楼群,但公路

排名全加第一,没有围墙和大门的多伦多大学　　CN 塔(加拿大国家电视塔),这是加拿大的骄傲

两边依然是葱郁的森林。没有到过,就不能想象出这样的市区。

据说多伦多现有华人四五十万,到唐人街就像回到了中国,但不是现在的中国,而是像 20 世纪 80 年代国内的中等城市,没有高层建筑,市容也不整洁,比不上现在国内的大中城市。

1973 年动工、1975 年建成的加拿大国家电视塔(CN 塔),曾经是世界第一高塔,高 553.33 米,是加拿大人的骄傲。电视塔每年接待游客 1200 万,是多伦多第一景点。我们到时已是黄昏,买票、登塔、下塔仍需排长队,塔上停留 20 分钟,排队等候一个半小时,票价 20 加元,如果是散客还要贵,但游客都说:值。

10. 尼亚加拉大瀑布

尼亚加拉大瀑布位于美加两国交界处,对岸就是美国的瀑布城。它是

换一个角度看尼亚加拉大瀑布

冲向瀑布

加拿大第一景观,也是世界上最令人惊心动魄的自然景观之一。我们中国有钱江潮,但那是一个潮头过来便汹涌而去,再等下一个潮头要若干个小时以后,不像这瀑布,一刻不停地喷瀑而下。我看到过新安江水电站泄洪的壮观场面,但那是人工筑起的大坝,是受人工调控的;这里是自然形成的、更宽阔、常年奔腾不息的自然景观。

11. 加斯佩半岛

国内同胞来蒙特利尔探亲一次不容易。我们接触到的大都是留学生家长,通常都住上半年或三个月。除了游览蒙特利尔及其附近的一些景点外,总还会到别的一些地方去旅游。每周的华文报纸上,都会有几个整版的旅游广告。最多的当然是渥太华、魁北克一日游,多伦多、尼亚加拉观瀑两日

与吴老师、江老师同游加东

或三日游。再远的就是加东三日、四日、六日甚至八日游了。加拿大实在太大了。对加拿大华人来说,最吸引人的旅游目的地,还有美国东部游,到波士顿、纽约都只要两日就够了。随团走,连住宿,每人只要99加元,合人民币才600元。但因为签证不容易通过,拒签率高,去的人那时好像不多。

后来我们参加了一次加东三日游,最远处是加斯佩半岛。

加斯佩半岛在加拿大东部,是大西洋西岸的一个半岛。一辆大巴上除了司机,从导游到乘客全是华人。第一天大部分时间都在旅游车上。和我们同去的还有两位杭州老乡吴老师和江老师。夜宿滨海一个小村镇上,非常宁静,几乎见不到一个游人。有几排平房是旅社房间,导游去领来一大把房间钥匙,都是双人标间。自己拿了钥匙开门入住。自己烧水洗漱,如果没有带食品,可以去附近的饮食店购买,也可以到海滨散步。在旅社,我们自始至终没有见到一个服务人员。次日早晨交回钥匙。

第二天中午到达大西洋边滨海的一个小镇。几里外可以望见一个岛屿,就是著名的鸟岛。我们登上一艘游轮,驶向该岛。先绕岛半圈,在靠大洋一侧,是高数十米的峭壁,悬崖上小片斜坡上,停满了密密麻麻的鸟类,主要是海鸥,据说有40万只之多。我们只能抬头仰望,游轮缓缓地绕到岛屿后面,较为平缓,有码头可以停靠,游人登岸,随导游循山间小道步行约数里,就来到鸟类栖息的地方。有网隔离,游客不得大声喧哗,可以一直走到海鸥的身旁。不要打搅它们,它们也不躲避游客。我到过我国著名的青海湖鸟岛和旧金山太平洋东岸的鸟岛,同这个鸟岛简直无法相比,这里才是真正的鸟的世界。它是我加东三日游里最难忘,留下印象最深刻的一个景点。

加东游时,与旅游车上的司机合影

加东游,在大西洋边

第二章　蒙城掠影

1. 蒙城和满城

刚到蒙特利尔,去了唐人街,看到有"满地可中华文化宫",华文报刊上一会满城、一会蒙市的弄得人晕乎乎,只听说蒙特利尔又叫满地可,但仍不知道究竟是怎么回事。后来从网上查了有关资料,才知道个大概。

Montreal在英文和法文里书写都一样。中文译为蒙特利尔,广东话译为满地可,台湾把它译为蒙特娄。最早定居这里的华人大都来自广东台山,故过去中文报刊和港澳报刊通常称蒙特利尔为满地可,简称满城、满市,后来台湾和大陆移民日增,近些年来中文报刊又多简称它为蒙城、蒙市。英文里它的缩写是MTL。

2. 认识蒙特利尔

蒙特利尔的地理位置在圣劳伦斯河和渥太华河的汇合处,是母亲河里的一个大岛。全长约50公里。曾经是加拿大第一大城市,现在被多伦多超出,仍是全国第二大城市。它是世界上仅次于巴黎的第二大法语城市,居民三分之二以上是法裔,因此,法国风情是它的最大特色。

蒙特利尔四季分明,五月开始春天,较短,夏季天气晴朗,有雷阵雨,秋天凉爽宜人,红叶遍地,冬天漫长,白雪皑皑,如童话世界,但我没有亲历过它的冬天。人们大都生活在室内。它的地下建筑非常发达,后面将再介绍。

蒙特利尔的人口有 350 万,仅次于多伦多,是加拿大第二大城市。自然地理上,它的主体是位于圣劳伦斯河上的一个大岛——蒙特利尔岛,包括邻近的一些小岛和圣劳伦斯河南岸近 40 万人口的一个地区。主岛东西长 50 公里,面积约 500 平方公里。形状上宽下尖,呈倒三角形,又有些像一只飞翔的鹏鸟。

蒙特利尔岛要和国内比,可以说有点像崇明岛——母亲河里一大岛。但它在加拿大的地位,却是崇明岛所远远不能相比的。它的人口要占全加人口的十分之一还多,是加拿大人文景观资源最丰富的城市,是加拿大唯一举办过奥运会的城市,是世界上最大的双语(有两种主流语言:英语和法语)城市,是仅次于巴黎的法语城市。每年都会有许许多多国际人文活动在这里举行。法国人爱好艺术,所以这里每年有许多盛大的艺术活动:像国际爵士音乐节、国际焰火节、国际双胞胎节、国际同性恋节、国际嬉笑节、国际龙舟节、自行车节、国际电影节,再加上他们的国庆节、省庆节等,几天就有一个节。整个夏天,天天都是节。每天都有许多外地和外国的游客到来,所以它是著名的国际旅游城市。

3. 美丽的圣劳伦斯河

圣劳伦斯河是加拿大的母亲河。我对她了解的还很少,我只是看到了在蒙特利尔的圣劳伦斯河,她已经让我深深地感怀:她太美了,太可亲了。

在蒙特利尔附近的圣劳伦斯河里,因为有许多大大小小的岛屿,把河道分隔成许多条河面不宽的河流,最宽的主航道也比不过杭州附近的钱塘江宽广。但是就在上游不远处的西岛,河面突然开阔起来,就像太湖的湖面,一眼望不到对岸。河水静静地流淌着,两岸没有堤坝,看不见汹涌咆哮过的痕迹。有的地方陆地跟水面犬牙交错,你根本想象不出这是一条举世闻名的大河,倒有点像杭州西湖的曲院风荷。母亲河像母亲一样温和善良,她哺育两岸的土地和人民。她好像从不泛滥也不让土地干旱,河畔除了葱郁的树木和嫩绿的草地,看不见一点裸露的地表。清风徐来,即使是盛夏炎暑,河面上吹来的风也总是清凉的。树荫下,到处都有供游人休憩的木质桌椅,而且总是像刚刚洗过的一样,不沾一点灰尘。

夏夜,本岛和南岸之间的修女岛已披上朦胧的夜色。我们漫步在圣劳伦斯河畔,没有遇见几个人。这么美的地方,却不见游人如织,因为,这样的地方太多了。不远处荡漾着优美的舞曲,那儿灯光明亮,一座高大的凉台式建筑里,数百位老年男女在欢快地跳着集体舞、交谊舞。我们循声而去,看他们玩得真快乐,不像国内,夜晚是只属于年轻人的,只有清晨才属于老人。这里的老人也享有夜晚。后来我们参加过许多活动,都到深夜了,也都有许多老年人参加,同年轻人一样沐浴着劳伦斯河上吹来的晚风。

劳伦斯河畔的草地太诱人了。我想起了"美丽的草原我的家",一首多么优美动人的歌。我曾在祖国的大西北度过了几十个春夏秋冬。每天眺望着伊克柴达木湖畔六月才发绿、八月就枯黄的草滩,也饱览过青海湖畔的草原,它们自有它们各自独有的魅力,它们有它们的壮美。和祖国大西北的草地相比,这里的人们可以悠闲地漫步河边,或者静躺在草地上,看白云在蓝天上浮动,也可以望着不远处碧蓝的水面,任意遐想。很多蒙城人还带着他们的宠物狗,可以随时到这里来尽情地享受,生活在这里的人们该有多么惬意啊。

4. 蒙特利尔的公共交通

蒙特利尔公共交通的便捷，在北美都是著名的。它由轻轨、地铁、公交三部分编织成一个公共交通网络。轻轨有五条线路，主要是通向郊区的。市区则以地铁为主干，公交为脉络，四条地铁线，75个地铁站，另有10000辆公交车，把市中心和住宅区连接得非常方便，这是国内任何一个城市都无法相比的。蒙城这个300万人口的城市，有几百万辆私家车。这里很少见到出租车。车流中，常常几百辆车中能看见一辆出租车。也见不到自行车。自行车我只在专门的自行车道上见过有人骑，那是为了健身，而不是为了代步。

给人印象最深的是公交车的准时。据说蒙城300万人口有公共汽车10000辆（前几年还只有7800辆）。这些公交车大都运送短途乘客，路途较远的则走地铁和轻轨。公交车非常准点，全市每路车经过每个站的时间全部由行车时刻表计划好，在网上都可以查得出来。公交车站上也有告示，告诉你下一班车到达的时间。公交车的行车路线从无堵车现象，误差只有一两分钟。有几次我等车不来，以为它不准时，但后来发现还是我看错了时间。星期一到星期五实行的是一个时刻表，星期六和星期天又有两个各不相同的时刻表。通常车上乘客都不太多，站和站之间的距离很近，大都只有一两百米。没有座位的时间很少，常常只要站立几分钟就有人下车。公交车的路线很少重叠，多为交叉，穿行在住宅区、超市和地铁站之间。车次相隔时间不一，在市中心上下班高峰时间，有的线路密度很大，一辆紧接一辆；一般路段二三十分钟才有一趟车，双休日相隔的时间就更长了，但因为有严格的时刻表，所以候车时间不会太久。有时车上乘客很少，甚至一个也没有，它也会准时行驶，即使只是为个别的乘客服务。

蒙城的公交车服务态度还特别好,驾驶员大都是中老年人,有的已是老头老太了。没有售票员,乘客主动出示月票或投币,一律由前门上车,前后门均可下车。我们上车时他们总是微笑着对你说"不如"(法语"你好"),如果由前门下车,驾驶员还会向你说"美西"(法语"谢谢")。乘客自觉排队,互相谦让,从未见到过争先恐后、互相拥挤的现象。有时我们去某个超市,又不知道站名,就把这个超市的广告给驾驶员看一下,到站时他就会告诉你该下车了,还把超市的方位指点给你。

蒙特利尔的公交车给我留下的是非常温馨亲切的感觉。

5. 蒙特利尔的市中心

蒙特利尔的市中心,背靠皇家山,面向圣劳伦斯河,若无大楼阻挡,沿河的许多景点都可以一览无余。从麦吉尔大学到蒙城的著名风景区老港,步行也只要20分钟。夏天那接连不断的节日:省庆、国庆、自行车节、爵士音乐节、国际电影节、嬉笑节、焰火节、同性恋节等,都在这一带举行。每天有几十万来自北美和世界各地的游客,还有十几万大学生(他们也不只是当地人,来自世界上许多国家),都是这些节庆活动的重要参与者。没有这些大学生的参与,就不会有这么热闹。大学生是一个流动性很大的群体,他们大都住在离学校不太远的地铁站附近,学习、生活、参加各种活动都很方便。所以,我想,这种开放式的大学和封闭式的大学城,各有利弊,是否也可以研究研究。

蒙特利尔岛中央是一座皇家山,四周都被地铁环绕。市中心最繁华地段,在皇家山南麓。西南角地铁绿橙二线交汇处的里尼古鲁站,有的华人叫它"列宁格勒",我们一下就记住了。向东,地下绿橙两线平行,到东南角绿、橙、黄三线交汇处的勃里沃姆站,蒙城地铁最长最重要的橙绿两线各有七个车站共14个车站。地面上高楼密集,全市十分之九的高层建筑都集中在这一地区，包括许多国际知名大公司、联邦大厦、政府部门、大学等，唐人街也在这一地区。这里都是几十层的高楼，地下是著名的蒙特利尔地下城。南侧与这段市区平行的是圣劳伦斯河和老港地区，有多座大桥跨越圣劳伦斯河通向南岸。这就是蒙城的市中心。

6. 蒙特利尔的地下城

在国内时就从一份旅游资料里看到过，说蒙特利尔有几百里长的地下城，当时觉得简直不可思议，现在终于有了亲身的感受。置身在地下城里，同置身在高楼大厦里的感觉，没有两样。里面不只是灯火辉煌、空气新鲜，且有盆景绿树，完全感觉不到是在地下。我第一次到市中心的地下城，第一个联想就是仿佛来到香港铜锣湾的那些"广场"里，搞不清自己是在地上还是地下。由于自然地形的关系，有的地铁站可以看到阳光，有的深达百米。据说地下城里有900家商场，不是小店，是大超市、大商场。在地铁里，不用上地面，就可以逛多少个商场、书店、国际艺术节的剧场、歌舞厅等，所以蒙特利尔城可以说有两个，一个在地上，一个在地下。

蒙特利尔所以会有这么巨大的一个地下城，我想一是有需要，二是有建设的有利条件。蒙特利尔地处高寒地带，冬季漫长，而地下城冬暖夏凉，就是普通民居，也几乎都有建筑得很讲究的地下室。有了地下城，使居民在冬天的生活不再单调寂寞。第二是它建设地下城有一个非常有利的条件：一座巨大而平缓的皇家山，旁边又有一条宽阔平缓的劳伦斯河。把皇家山掏空了，把挖出来的土石倒入河里，非常方便。一次旅游中，导游小姐告诉我们，在蒙特利尔周边的许多岛屿中，离市区最近的一个长达几公里，形状又很平整、规范的长岛，就是建设地铁和地下城时挖出来的土石堆积而成的。

好一个伟大的造福民众的工程！

蒙特利尔市中心的地下城

7. 蒙城的"帽——Mall"

第一次听朋友告诉我,"这里有只猫",我真有点莫名其妙:什么猫?或者是帽,什么帽?朋友说是英语里的 Mall,是购物中心的意思。我又去查了字典,Mall 有二解:一是散步的林荫道;其二是"铁圈球和打铁圈球用的锤",不明何意,反正都与它毫不相干。在新出的"文曲星"里,它还有一解:"购物中心(北美地区)"。这可以说得通,其实还没有把它的特点讲清楚。后来在到过了几个"帽"以后,终于弄明白,它就是个商城。是个全封闭的,具有很好购物环境的商城——戴"帽"的街市。一个"帽"里,包含有许多家商店和超市,大的"帽"里,还有好几个十字路口,也可以称之为室内的街市。

"帽"是 Mall 的译音。它的本意是怎样引申过来的,我还没有弄清楚,但现在的意思(我想是同它当地的特点有关)是因地制宜的特色商城。加拿大地处寒带,又兼地大人稀,住宅区的超市和商店,都是平房,占地面积很大。这些超市如果不连在一起,漫长的冬季,天寒地冻;即使是夏天,烈日下顾客往来,如果都要经过露天广阔的空间,也多有不便。他们以人为本,应顾客的需要而出现了这种全封闭的商城。在"帽"里,冬暖夏凉,不怕风雨寒暑,把许多超市和商店连在一起,方便了顾客,改善了购物环境。在"帽"的周边,全是停车场,可以停几千辆小汽车。一个"帽"有许多个出口,每家大超市就是一个帽的出入口。头几次到"帽"里去,是连方向都搞不清楚的。还有市中心的地下城(其实,它就是一个特大的"帽"),使这里的居民,冬天不惧严寒,夏天也没有了酷暑的威胁,也不怕风雨,没有一点污泥尘埃。随处可以找到可供休息的非常干净的椅子。有些来蒙城探亲的中国老人,有几天天气较热,家里待得不太舒服,有的白天就到"帽"里去,带点书看看,一待大半天,也挺舒服的。在帽里,有休息的地方,有免费的设施很好的洗手间,有免费的饮用水,也没有来往的车辆干扰,既安全又舒服。国内像这里的"帽"一样的购物中心,现在也已有了许多,不知道东北和新疆等地有没有?杭州现在也有了,但通常不叫购物中心,而叫"城",像万象城、西田城、未来城等。在北美以外的地方,这类购物中心都不叫"帽(mall)"。作为购物中心,除了市中心的,郊区的"帽"都是平房;在杭州,在澳洲,却大都是多层建筑,是全封闭的街市,晴雨寒暑都不受影响。加拿大的"帽",全在城郊接合部,全是平房,这大概也是它的一个特色吧。

8. 蒙城的公园

我不知道蒙城有多少个公园,只介绍一下离我住处较近的一个盎格纽公园(Angrignon Park)。它位于蒙城西南,在蒙城最长的一条地铁线——绿线的终点站附近。旁边有一个很大的"帽"——购物中心，里面有好多家超市。有十几条公交线路和地铁站连接，有很大的停车场，可以停放几百辆汽车。就是这样一个位于市区交通枢纽旁的大公园，至少有几百公顷吧，却令人意想不到的清静。我在早晨6时乘第二班公交车到达，天明已经一个半小时了，公园里竟还见不到一个游人。公园的树木茂盛，都是高二三十米的乔木。公园很大，我从公园里的半是自行车道、半是人行道的硬化路面上快步穿过整个公园，花了半个小时，一共遇见了三个人。加上远远看见的，也不超过十人，在市区热闹地段的大公园竟会如此幽静，令人不可思议。

6时半，紧挨公园的马路上已经车流不断，马路对面就是居民住宅区，公园里依然静悄悄的，除了我，就只有松鼠在跳动和林中的鸟在鸣叫，我想起了年轻时常常唱的罗马尼亚民歌《乔治参军去》："春风吹动树叶沙沙响"，好宁静的大自然啊！这里的公园全部不收费，向全民开放，同杭州的公园一样。在公园靠居民住宅一侧，是儿童公园，早晨也寂静无人。后来我们到远郊西岛圣劳伦斯河边的公园去，公园的设施都很齐全，但游人很少，大概同地广人稀有关。

9. 皇家山

在法语里，"蒙特"的意思就是山，"利尔"的意思就是皇家，蒙特利尔的意思就是皇家建在山上的一座城市。蒙特利尔岛，中央就是皇家山，山脚四周就是市区。皇家山是蒙特利尔的象征。凡是到过蒙特利尔的游客，没有人不知道皇家山的。

皇家山标高有243米，和杭州西子湖畔的玉皇山几乎一样高，但非常平缓，没有陡峭的山坡，山顶也没有明显的山峰。它的植被全是树木和草坪。夏天看去，一片葱绿，漂亮极了。它是蒙特利尔市中心的一个森林公

在皇家山上,两个洋面孔是社区里的大学生

园。山顶有观景台,可以远眺市容。半山腰有一个面积不大的湖——卑凡尔湖,大概稍大于杭州西湖里的岳湖。但四周的绿地很大,不仅树荫里有许多游客,绿地上也有很多人在沐浴着盛夏的阳光。有公交车直通山上。古老的马车载着游客缓缓而行,颇有一些田园风光,仿佛把你带回到18世纪的乡村里。因为平缓,不需要攀登,上山犹如闲庭信步,七八十岁的老人,也可以漫步山坡。待到秋来枫叶红,这里更是著名的赏枫胜地。

10. 西岛行

蒙特利尔的西岛,确切地说,应该是蒙特利尔的岛西——还在蒙特利尔岛上,是岛的西部地区。这里是高档住宅区,它离市中心有几十公里,沿圣劳伦斯河畔绵延几十里,都是独立屋——别墅区,也就是富人区。四周是大片大片的绿地、树木,随处可见的河湖景色,环境优美。有多条公交线路与地铁和轻轨相连接。住在这一带的人,是经济地位的一种象征,至少是有稳定工作和收入的家庭。

没有围墙、没有宝笼、没有保安,很难得碰见警察,却没有不安全感,一派祥和景象。我不禁想起了国内的许多高级别墅区,也许比这里的更漂亮,但高筑围墙,警卫森严,房屋大都是空置着。西子湖畔的别墅,讲环境,还比不上这里幽静、空旷,讲价位,那里是天价,这里你只要有稳定的工作,就可以立即按揭购买。既没有大批空房闲置,也随时有现房可以买到、租到。

11. 赌城 CASINO

在一个晴朗的夏日,同两位已经移居蒙城的杭州老乡一起,我们游览了蒙特利尔的赌城 CASINO。它是圣劳伦斯河上的一个岛屿。我们是乘地铁到 CASINO 岛的。出地铁站后因为时间尚早,我们决定先游览小岛。岛上的景色非常美丽,林木花草茂盛,既是大自然的杰作,也不乏人工的栽培管理,依然游客稀少,宁静而幽雅。我们在岛上转了半圈,回到地铁站边,又转乘 167 路公交,把我们拉到了赌城门口。

原先我们对赌的观念就是与"黄、毒"并列,为千夫所指骂的一种丑恶行为。"黄、赌、毒"总是连在一起受到谴责。可是又常常听说国外有许多著名的赌城,如美国的拉斯维加斯、大西洋城,还有我们回归后的澳门,都是国际上著名的赌城,同时又都是著名的旅游休闲地。其实,国外每个大城市都有赌城。这次有机会一睹赌城的真容,对赌城有了同以往不同的看法。

CASINO 赌城是一个巨大的透明如玻璃球形的建筑物。地面有十几层楼高,还有地下层。我们是从地下"进城"的。底下的几层,每一层都有几百台电脑游戏机,大都空着,只有少数几台有人在玩。玩家几乎都是老年人,尤其是老太太居多。每玩一局要丢进去一个两角五分的筹码,直到筹码输完。到二楼,每局就要一元钱了,赢了就可以继续不断地玩下去,输了就要另买筹码了。这就是输赢的乐趣,和我们的麻将一样,只是他们是一个人在玩,对手是游戏机。这里的环境特美,在里面转圈,哪个位置上都可以看到"城外"美丽的景观,大面积的喷水池,一片葱绿的岛屿,远处的湖面,蓝蓝的湖水,在如此美景中尽情享受着游戏的快乐。只不过赌城的玩乐比其他的游戏更多一份输赢的刺激,这就是赌博的魅力。

我们乘电梯一层层升高,赌的形式不断变化,有台球、有扑克、有押宝式的,参赌的人越来越多,越来越年轻,上层大都是中年人。赌资越来越大,有的地方,我们站在旁边看,几百元赌资片刻就换了主人,这里才是真正的赌博。虽然十赌九输,但它有刺激、有希望,赢的还想赢,输的也想赢,所以,赌城总是那么兴旺。它是不是游戏,我看说不清楚。中外的赌徒,心理大概都是类似的。

我们几个,谁也没有来这种地方玩过,没有见识过赌城。站在边上看看,又不懂语言,只能看看而已,但环境的确很美。它是娱乐城还是赌城,谁能说得清呢?

12. 蒙特利尔的教堂之一

蒙特利尔是世界上教堂最多的城市,比圣城罗马还要多。共有大大小小、风格各异的教堂四百多个。除了高楼林立的市中心,教堂再高也显不出它的威严,在其他任何地方,教堂总是最高的建筑物,向上直指天庭,向下俯瞰四周,威严无比。几乎每隔一二百米,走过一段街区,必定就有一个或几个教堂,有时还一个紧挨一个。每逢正点或半点,常常可以听到教堂的钟声,传播得很远很远。其中皇家山上著名的圣约瑟大教堂,下面将单独介绍。

原先,我以为居民就只分为信教和不信教两大类。当然也知道宗教徒还要分为基督徒、穆斯林和佛教徒等,听说蒙城还有信道教的,有道观,但教徒较少,人们不太注意他们。原先不知道的是,在信奉上帝的人中,又分为好几个不同的教派,而且对立得也非常厉害,甚至势不两立,连做礼拜也不能在同一个教堂里进行。

在当地华文报纸上读到过一篇文章,介绍作者在蒙特利尔遇到的四个传教士。一个是来自波兰的正统的天主教徒,对欧洲新教不信任,对犹太人尤其不信任,甚至认为"9·11"是犹太人的阴谋,嫁祸于伊斯兰教,让美国和伊斯兰世界战争,犹太人从中取利。有一位是基督教的原教旨主义者,反对一切政权和战争,甚至反对纳税,反对服兵役。还有一位摩门教徒,相信耶稣还活着。他们的观点都不相同,各有自己的教堂,都到自己的教堂去做礼拜。大概这就是蒙特利尔教堂很多,有的距离很近,有的甚至紧挨着的缘故。原来这些教堂分属于不同的教派,只不过我们不信教的,分辨不清罢了。

在老城区离唐人街不远的圣母院教堂,是蒙城老城区参观者最多的建筑物,也是唯一一座需购票才可以进去参观的教堂。它以内部考究的装饰和丰富的艺术作品闻名。门口游人如织,还常有古老的马车载客游览。教堂前还有个小广场,有一组精致的雕塑。

13. 蒙特利尔的教堂之二——圣若瑟大教堂

圣若瑟大教堂是蒙特利尔最著名的景点之一。据称为北美第一,世界第二。它坐落在皇家山东北麓,建在半山上,在攀登上百级台阶后到达最底下一层礼拜堂,然而你可以从外面继续攀登到最高一层也就是最大的可以容纳上千信众的礼拜堂,也可以从里面走,每层都有自动电梯上下,有许多大大小小的礼拜堂、祈祷室、忏悔室、展览厅,整个教堂规模宏大,庄严肃穆。每年从世界各地来这里朝拜和游览的游客和信徒达 200 万人次。在每层礼拜堂前都有一个不小的广场,也是很好的观景台。可以望见大半个蒙特利尔市区,有点像杭州吴山上的城隍阁,可是要更加高大雄伟,几十里外都可以远远望见。

　　介绍教堂的资料几乎全是英文和法文的,我找到了唯一的中文资料——一张介绍修士安德一生的折纸,它告诉我们有关大教堂的建造历史。第一座小教堂建成于 1904 年,以后一次次扩建,基层千人大教堂建成于 1917 年,建到第五层最为雄伟的大礼拜堂时,正遇 20 世纪 30 年代的世界经济危机,经费发生困难,供奉圣牌的地方还没有结顶。德高望重的安德修士

圣若瑟大教堂是北美最大的教堂,据说全球排第二

以他的智慧和德望解决了这一难题,最后建成了今天远远就能见到的圆顶建筑。1937年他去世时,有一百多万人为他举哀送殡。

　　对于宗教,我没有研究。在一篇关于圣若瑟大教堂的文章中读到,在1793年法国大革命后,把理性法庭宣布为合法的"国教",天主教堂改名为理性教堂,神龛中端坐进了革命领袖的半身像。政治权力被神圣化。"成为历史上老谱不断袭用,花样却时时翻新的循环闹剧。"这不能不说具有讽刺意味。

第三章　生活在蒙城

1. 家庭聚会——新移民生活侧影之一

儿子的同学何君,硕士毕业,在美国西雅图找到了工作,即将离开蒙特利尔去美国,邀约了几位朋友小聚。我们两个探亲老人也在受邀之列,使我们有机会认识和了解一点新移民的生活情况。

我们的房东小杨也是何君的同学,且也是好友,同我们一起前往。我们的住处到何君家仅五分钟车程。何君住三楼,四半居室,即国内的三室一厅。从后阳台俯瞰,邻近各家都有美丽的后院,有花草、游泳池,绿地蓝水,非常漂亮。何君来加五年,有二子,大的十岁,小的三岁,大的在上小学,不但英语流畅,法语也可以自由交谈,比大人都强。这里的小学用双语——英语和法语教学,小孩学得快,同学间都用法语交谈,再加上自己母语,已能熟练使用三种语言。据说他儿子各门功课成绩都很优秀,钢琴也弹得很好,那天为大家演奏了多首乐曲。

那天来聚会的有五个家庭,只有我儿子是还在读书的单身,有三家各有两个孩子,一家有三个小孩,十来个小孩也难得聚在一起,他们比大人还要开心。原计划到野外吃烧烤,因头一天下了雨,改在家里。我们带去了一盆红烧蹄髈,每家都带来一些食品,主人准备了一大盆烤鸡翅,还有别的食品,显得十分丰盛。大家每人一个酒杯,一个盘子,用自助餐的形式,边吃边交谈,气氛很是融洽随意。

几家人来加时间均为四年到六年之间,在国内都受过高等教育。何君夫妇都是广东人,女主人父母和主要亲属都已经移居美国。现在他们夫妇俩也都已在美国找到工作,即将离加赴美。杨君夫妇来自北京,先读硕士,未毕业,即找到工作。后又投资并贷款购房,出租还贷,现在在开大型货车,太太在家照看两个小孩,还要管理房产,非常能干也比较辛苦,当然效益也不错。我们去后不久,他们就又在西岛富人区买了别墅,搬走了。还有一家在开杂货店,当地话叫"地泊那",台湾移民称之为便利店,现在大陆移民开这种小店的很多,主要为附近居民服务。小店价格比大超市要贵,但分散在社区,营业时间长,自己辛苦,却方便了大家。这也算是自己创造就业机会,年收入也不低于替别人打工。还有一家有三个小孩,两口均无工作,按魁省政策,均有国家补助。大人去学习法语,每周两次,每人有近千元补贴。三个小孩每月有千元补贴,三项合计,年收入也有三四万,生活没有困难。

在加拿大,只要有稳定的工作,就能够买得起房和车,生活逐步上升。一时没有工作,就去学习,生活也有保障,不用发愁。

2. 异国遇乡亲

到达蒙城的第二天,一位上海的退休教师江阿姨(是儿子先认识她,我们就跟了儿子这样称呼她)就来看我们。她虽然是在上海长大,但父母亲的原籍不但是我们杭州同城,而且竟是同县同区同镇——余杭瓶窑人,是我们最近的老乡,实在是太难得了。后来认识了她的先生刘工,他一见面就告诉我,他虽是福建人,却多次去过我们家乡,而且他同我儿子是浙大校友,他儿子又同我是复旦校友。想不到我们间竟有这么多重关系,当然感到格外亲切。后来江阿姨又领我们到"华人大家庭"里，认识了更多的朋友。以后我还将专门介绍这个大家庭。在这里，我们又遇到了一位杭州的退休教师吴老师，浓重的乡音，同是教育界的背景，还有一些相互都知道的人和事，她住处又和我们很近，又同在"大家庭"里学习英语，她同江阿姨两位成了我们在蒙城最亲密的朋友、生活顾问和旅游向导。加上我老伴又善于和人沟通，很快我们又认识了多位如我们这样的探亲者，儿女们无论是工作的还是在上学的，都非常忙碌，很少有时间陪同父母上街或游览，老年人如果找到自己的圈子，就会得到很多友谊、帮助和温暖。

认识吴老师是在华人大家庭的英语学习小组里。她讲英语发音不太准，就像她的普通话带有浓重的南方口音一样，她的英语我听起来总觉得不太像英语，带一点汉语味道。可是她掌握的词汇特别丰富。她自己说，有的留学生英语讲得很流利，语法掌握得比她好，但词汇没有她多，常常要问她。她有许多记忆的方法。她说自己在国内没有学过外语，来加拿大以后才开始学习。虽然讲起来发音还不太准确，但已经能够和人交流，能听懂许多常用的英语。我就想到自己，解放前上中学，学的是英语，50年代上大学，学的是俄语，80年代在大学里，为了升职称，又学过一阵日语，到现在，一种也派不了用处。还是要从实用出发来学习，学以致用，才有意义，才学得好。

不只是学习，吴老师还是我们最好的生活顾问。哪个超市在哪里，这一周什么菜在哪个超市比较便宜，坐地铁到哪个站下车，转哪路公交车，甚至公交车是几点几分，这些她都很熟悉。一位70岁的老人，能记得这许多东西，已经不容易，而她还在孜孜不倦地学习，热心帮助别人。我们刚来时，每次进城、上超市、去游览，都是她做的向导。

在这里，老乡见老乡，不再是"两眼泪汪汪"，而是老乡见老乡，心里暖洋洋。只要是祖国大陆来的，大抵一看模样就能辨认出来，几乎没有判断错的。不只是唐人街,在地铁里,公交车上,大街上,超市里,随时随地都能碰到华人。除了江、吴两位,我们还认识了多位移民和来探亲的老人,大都是退休教师和医生、科研人员、工程师等知识分子。华人都是乡亲,一张口,就会感到亲切。

3. 学会出门

在一个陌生的国度里,语言不通、文字不识,如何出门上街,对许多探亲旅游者来说,是最大的困难。出不了门,寸步难行。很多到国外探亲旅游回去的朋友,都有过这种体会。有不少做父母的到国外来后,只能整天待在家里,帮子女照看孩子,做做饭,难得子女挤出点时间,才能带他们出去游览一次,生活寂寞单调。我们不需要带孩子,有的是时间,但必须学会独立出行才行。

感谢蒙特利尔发达的公共交通系统为我们提供的方便。它的立体公交核心是地铁加上公共汽车。它有四条地铁线,其中最重要的两条线形成一个近似 X 形,有上百条公交线路把近 80 个地铁站在地面上编织成一张网络。你只要找到地铁,就能够回家。虽然这是一个使用英语和法语两种语言的城市,而我们英语就没有过关,法语更一窍不通,幸亏拉丁字母是认识的,要朝哪个方向,到哪个站,头两个字母记住就可以了。还有阿拉伯数字是全世界通用的,这还真要感谢阿拉伯人对人类文明的贡献,给了我们很大的方便。到蒙城后第三天,儿子就为我们每人买了一张公交地铁通用的交通卡,成人卡每张 63 加元,65 岁以上老年卡 33.75 加元。换算成人民币要二百多一张,够贵的。但我们后来觉得还是很优惠的。因为单次买票每张要 2.75 加元,出一次门至少就是五六加元或七八加元,没有月卡,根本不敢出门。有了卡,用多少次,都不受限制。我们可以跑遍全岛、全城,天天出门,把蒙特利尔玩个够。我们还首先学会了一句最简单的英语：Where is metro?（地铁站在哪里?）再沟通不了，就在手心画一个圆圈，中间再画一个向下的箭头，这是地铁站的标志，当地人都会热情地指点给你。他们有的能认出我们是中国人，有的还会一点中国话，有一次我们问路，一位加拿大人用生硬的中国话告诉我们"一直向前走"，令我们兴奋和激动不已。

在地铁站还可以免费拿到袖珍地铁图和详细的蒙特利尔交通旅游图，还有同该站连接的公交车的详细行车时刻表。有了它们，再加上我们认识的两位老乡带领我们上了两次街，仅仅一个星期，我们就能够自己去市中心的唐人街了。很快，独立出门也就不成问题了。

4. 自行车节

我们中国号称"自行车王国"。据说全球的自行车有一半在我们中国。平时我们看惯了大街上浩浩荡荡的自行车流，但在这里我却看到了完全不同的另一种自行车景观。

在蒙特利尔，自行车不是交通工具，完全是健身的运动器材。在蒙城的大街上（这里没有小巷，都是汽车可以通行的马路），几乎看不见自行车。只有在圣劳伦斯河和拉悉运河畔专修的自行车道上，可以看见三三两两的自行车爱好者在骑车健身。每年夏天，蒙特利尔人都有形形色色的文化活动，都是盛大的节日。2006年的6月4日，星期天，是蒙城自行车迷的盛大节日。全城有三万多人参加了自行车环岛游。从市中心的一个公园附近开始，大部分地段是沿着风景秀丽的圣劳伦斯河和拉悉运河旁边的马路行驶，转了大半个岛，骑完全程约48公里。我们的住处就在拉悉运河边，不到9点半车队就开始通过，足足经过了两个半小时才过完。他们骑着各种不同的车，男女老少交杂在一起，有的化了装，有的头上挂着气球，有的拖车上还拉着熟睡的婴儿……人们追求的是健身和快乐。参加者每人需交纳27加元，儿童、老人减半。他们不追逐名次，真正是重在参与。路线不光是经过闹市，还弯来绕去，经过许多居民住宅区，与沿途观众交融欢乐。当然，也有许多地方，只见车队，路旁却看不到加油的观众。

平时见不到自行车的一个城市，突然涌出来几万辆形形色色的自行车，而且其中不乏高级跑车，据说有的一辆车价值几千加元，折合人民币两三万元。参加者中有许多是出色的运动员，我们平时常常看见他们在清晨和傍晚，穿着运动服，头戴安全帽，背着双肩包，在风光秀丽的自行车专用道上，骑车飞快地奔驰。他们一直坚持锻炼，难怪国际自行车赛上，西方选手常常取得优异成绩。

我多希望在我的家乡，在美丽的西子湖畔，古运河边，也能出现这样全民参与的自行车运动——既是健身活动，又带给大家欢乐，成为自行车王国全民的一个节日。

（以上是我十年前刚回国时写的。没有想到，才仅仅过去了几年，我们也有许多自行车正在成为健身工具，杭城周边也有了许多健身用的自行车道。但还没有听说有自行车节。）

5. 省庆和国庆——我吃到了加拿大国庆蛋糕

刚到蒙城不久，就遇上了魁北克省的省庆日——6月23日，是个星期天。在蒙特利尔市中心举行了盛大的游行。满街飘舞着蓝白两色的魁北克省省旗，许多年轻人还在脸上画了省旗。我们在大街上遇到了许多华人。看大家手上拿着小旗子，我们问那些拿着大把旗子的西人要，他们要我们买，按大小不同，一加元、两加元一面，我们没有买，后来不知道什么时候开始，就不要钱了，送给我们，我们也都人人拿着一面小省旗，跟着一起走。据说加拿大没有第二个像魁北克这样的省份,居民对自己的家乡有如此强烈的感情。比国庆还要重视。因为国庆是全国的,省庆才是自己的节日。前几年闹独立时,更是如此。今年省庆正遇上 F1 赛车的宣传活动在同时举行,来自外地的游客多,说英语的人比说法语的还多,影响了对省庆活动的关注。我们反正都听不懂,就看热闹。据说还有免费请喝啤酒的,但我们没有喝到。

紧接着是 7 月 1 日加拿大的国庆节。这个日子我们来自中国大陆的人特别熟悉,因为是大陆的党庆日。在加拿大,民间重省庆,政府重国庆。加拿大的官方举行了隆重的庆祝活动。在市中心附近的老港,有庆祝会、阅兵式、文艺演出等。报载加拿大国庆预算拨款 1000 万加元,其中 800 万加元用在魁北克地区。因为魁省多年来一直在闹独立,十年前的一次全民公决,支持独立的达 49.44%,差一点就要从加拿大分离出去。至今联邦政府还心

蒙特利尔的省庆大游行

有余悸,对魁独非常警惕。庆祝活动市民和外国游客都可自由参加,我在观礼台上观看了全过程,自己挑选位置,没有人阻拦我们。只有主席台上和主会场是有组织的。庆祝仪式上除有关领导人的简短讲话外,有新入籍的公民的宣誓仪式,对杰出人物和家庭的表彰。留给人印象最深的是庆祝会结束后,广场上排起了四支长队,在军乐队奏乐声中,出席大会的领导人为市民切分国家的生日大蛋糕。我也有幸分得了一份品尝。那天和我一起分享加国国庆蛋糕的华人探亲者里,还遇上了一对江西师大的教师和山西矿院的教师夫妇。看来新移民、探亲者和外国游客可能比当地老居民还多。我们感受最深的是领导者和普通民众之间的这种和谐关系。

6. 蒙特卡夫

在蒙特利尔的皇家山上,有一个叫"可特的里"的社区。法语的意思是积雪的山谷。地处蒙城最重要的一条地铁线——U字形的橙线的内侧,是新移民包括东欧、中东、南亚和东南亚的许多难民的聚居地区,相对比较贫困。在这个区里,有一个称作蒙特卡夫的社会福利组织。在一个大草坪边上,一座建筑物的地下室里,有一个一百多平方米的大厅,旁边是厨房、仓库和办公室。在这里每天供应免费的早餐和廉价的中餐。低收入家庭还可以在这里领到免费的食品和生活必需品。平时也可以在这里休息和交谈。听说蒙特利尔这样的福利组织有一百多个,每个社区都有。谁都可以去吃,自觉排队就行。所以在加拿大,是不用担心挨饿的。

这里的人群来自许多不同的国家和地区。常常使用多种不同的语言。据说这个地区有多达上百个国家和地区的移民,被称为小联合国。比较多的有中东的黎巴嫩、巴勒斯坦人;南亚的印度人和巴基斯坦人;东欧的俄罗斯人、塞尔维亚人和前苏联、前南各国的移民;还有越南人、菲律宾人以及不知道来自哪些国家的黑人等。因为中东和越南以及非洲的许多地方原先都曾是法国的殖民地,移民中会讲法语的很多,所以到这里以后融入当地社会比我们华人要快。一次在蒙特卡夫组织的活动里,我们中一位大学退休的张老师听到有几位西人老太在讲俄语,她同她们交谈后竟一起用俄语唱起前苏联的歌曲来了,气氛非常欢快。在我们眼里,欧美的白人,我们是分不清的,大家都称他们为西人。一次,我在公交车站候车,来了一位风度翩翩绅士模样的中年人,他主动用英语同我们交谈,我告诉他我们是中国人,不会英语和法语。我用仅会的简单英语问他是哪国人,他告诉我父亲是塞尔维亚人,母亲又是不知道叫什么国家的人。可见这里人种的多元性。我们一起候车,一起到地铁站转乘地铁,无法用语言沟通,只能用微笑表示友善。

蒙特卡夫这个慈善中心,是政府下属的一个机构,只有几名工作人员,其余大都是义工。除每天提供几百人的免费早餐、廉价午餐,发放免费食物和日用品外,还经常组织这些低收入的老人、老年新移民等参加一些活动,有时也吸收我们这些探亲的老人参加。因为这些人来自许多不同的国家和地区,互不熟悉,语言不通,组织活动非常不容易,但他们还是多次组织这样的活动。我们曾去"海滩浴场"(实际离大海还远得很,是圣劳伦斯河宽阔处的河湾)消夏;去 OKA 国家公园度假(离市区较远,出了蒙特利尔本岛);还去乡村农场采摘苹果;有一次有几个社区联合组织去向政府卫生主管部门请愿,要求给低收入者更多医疗保障,减少看病和检查的预约时间;还有一次组织几十个人去市中心参加有几千人举行的大规模的游行,要求有关部门增加对社会低收入群体的关怀。游行非常有秩序,最后到地下广场集会后解散。我们也参加了一次加拿大的群众游行。

除了蒙特卡夫外,在凡尔登区也有类似的慈善机构,每周三下午 7 至 8 点钟在地铁站门口,有免费馈赠食物的活动。这一带中国移民很多,也有留学生和他们来探亲的家人,来这里领取免费食品。我们也去过一次。是一辆中型面包车改装的餐饮车,食品已经一袋袋分装好,有面包、甜点、饮料等,质量都很好,每人一份,不用登记、签名等,什么手续也没有,自动排队,轮到你就领一份,组织者中有一位年长者,走过来和我们打招呼,问我:"Chinese?"我答"Yes",他又说:Nice,我答:OK。看到队伍里有一位抱着小孩的妇女,立即招呼她到前面不让排队,优先领取。分发食品的工作人员都很友好。旁边就是一个街心公园,有的人领到食品就坐到公园椅子上享用了。据说这一活动已有多年,从不间断。不知道是哪个部门组织的,是谁出的钱,看去和教会也无关,教会里每周也有其他形式的慈善活动。所以有人说,在加拿大,穷人是不会挨饿的。

在蒙特卡夫,我们还听过一次年会的报告,介绍他们的慈善活动。在这个区,居民中有40%在贫困线以下。老年人夫妇俩可以领到1700加元养老金,单人的可以领到1000加元。在他们这个慈善中心,2005年一共接待了一万七千多人,平均每天178人。不称救济,只说领取食品和其他日用品的人数。2006年比2005年领取的人数略有减少。在中心服务的工作人员,除主要负责人外,其他的都是义工,退休人员都可以去服务,并记入相关档案里。

7. 免费的早餐

常常听说世上没有免费的午餐,但在蒙城却真有免费的早餐。据说,免费的午餐也是有的,不过,那是在圣诞节。平时还是不太常见。在蒙特利尔的许多社区都有社会福利中心,前面介绍过的蒙特卡夫就是这种机构之一。到那里吃早餐是完全免费的。还有廉价的午餐,每份西式快餐1.25加元,如果买卡,20加元可以吃20次,每餐只要1加元。外面商店里的快餐要

5—7加元。许多低收入家庭,在这里还可以定期领到免费的食品和日用品。我不禁想起了"大跃进"年代所谓的"吃饭不要钱",撑开肚皮吃饱饭,可那是以一年到头的无偿劳动为代价才得到的,而且紧跟着就是连年的饥荒,付出的代价之惨痛,我们这一代亲历的人是永远无法忘记的。今天的加拿大,却确确实实的是在丰衣足食的基础上,对社会弱势群体提供的一种社会保障。来过加拿大的人都知道,加拿大不可能有挨饿的人。至于要生活得好,生活得富足,则要看你的能力和贡献了。

说到丰衣足食,它必须在高度发达的劳动生产率的基础上才能实现。加拿大是世界上最大的粮食输出国之一。它最重要的小麦产地在中南部的萨斯喀彻温省。全省不过三十多万农业人口,不到我国一个农业大县的人口,却年产小麦两千多万吨,够两亿人吃一年。有资料介绍,该省生产的小麦90%供出口,占世界小麦出口量的17%。全世界每年做面包的小麦中,有十分之一来自萨斯喀彻温省。由此可以想象,在这样的国家,对低收入者,对社会弱势群体,提供免费的早餐,是完全可以做到的。

8. 华人大家庭

在蒙特卡夫,有些没有工作的老年华人,就聚集在一起,自发地组织起来学习英语。有一些来这里探亲的华人也来这里,跟了一起学习,自己取了一个名字叫"华人大家庭"。"华人大家庭"由一位来自上海的80岁的周老师负责,几十个老年人松散地结合在一起,分为两个组,一个是有点基础的小组,每周学习两次;一个是零基础组,从学习最简单的英语日常会话开始。这些学习小组完全免费,来这里还可以广交朋友,交流信息。因为人员流动性大,遇到探亲的朋友回国,有时还组织座谈会、联欢会,表演节目,交换地址,共叙友情。周老师是20世纪80年代从上海移民来的,先在纽约住过多年，她的英语就是到纽约以后学的，现在讲一口比较纯正的美式英语，是英语班的主讲老师。还有一位88岁的丁老师，是来自北京的移民，是40年代的清华毕业生。她的英语基础好，讲得更流利，常常来帮助大家练习口语会话。还有一位来自浙江的吴老师，就是我在前面提到过的我的浙江老乡，自己在高级组学习，同时又在初级组当老师。她在国内从未学过英语，但退休前是特级教师，懂得教学方法，现在已经掌握了大量英语词汇和语法知识，就主动帮助初级组的朋友学习，很受大家欢迎。

8月中旬，我们还参加了一次华人大家庭的联欢会，欢送一对来自北京的洪老夫妇，以及一位来自重庆的傅女士回国。周老师代表华人大家庭致辞，周老师还是蒙城苏浙沪同乡会中年龄最大的理事。代表大家庭向三位即将回国的朋友赠送一份上面有大家签名的纪念品。北京的洪老77岁，也是清华校友，离休的老同志，在会上谈感想，表演节目，82岁的复旦校友张老师，唱起了《智取威虎山》，还有的唱四川和东北民歌，气氛非常热烈。年龄最大的丁老太，用英语演唱英国民歌，最后大家在这块异国土地上，同声唱起了《怀念祖国》，"人情同于怀土兮，岂穷达而异心"。一阵阵歌声、掌声，气氛之热烈，许多不同祖国的老外们，频频投来惊异的目光。我们中国人，凝聚力有多大啊！在这群人里，50、60小弟妹，70算年轻，80以上不稀奇，这激动人心的情景，将长留在我的记忆中。

在我们离开蒙特利尔前夕，大家庭也为我们和一对来自贵阳医学院的甘老师夫妇举行了欢送会，气氛也是那么热烈，那么依依惜别。还有跳集体舞的，到门口大草坪上打太极拳、舞太极剑，都是一群老天真，在传播中华文化。在远离祖国的土地上，一起怀念着自己的祖国。在我们告别华人大家庭，去参加最后一次活动的时候，他们给了我们一封有二十多人签名的信，写在一张精致的信笺上。充满依依惜别之情。信的全文如下：

毛微昭、张炎琴老朋友：

你俩虽来不久，但你们主动频繁地参加各种活动、游览，对加拿大尤其是蒙特利尔已经十分熟悉，你们的录像机、数码相机里已经储存了不少珍贵的记录。这些永难忘怀的活动经历，尤其是我们华人大家庭的真情友谊，十分珍贵，你们还热情地提供所摄的珍贵镜头、照片，让我们能随时重温彼此的友谊。老毛还写了不少文章，这些为长期旅居蒙特利尔的老友们感叹，望尘莫及。老张喜歌善舞，为我们留下了宝贵的、甜美的回忆。她还经常注意仪容，主动帮助老友们修饰发型。这一切都让我们永记在心。我们实在舍不得分离，希望你们再来探亲，来大家庭再叙友情。

加拿大 Montreal Multicaf 华人大家庭
2006 年 10 月 27 日

信后是 25 个人的签名。第一个签名的是 80 岁的周惠珍大姐，也就是大家庭里的义务英语老师。信里还专门提及我老伴帮助她们理发的事。我们这代人，年轻时女同志很少去理发店理发，多是家里自己修剪。我老伴学会了这门技艺，蒙城理发要预约，且收费很高，她就主动帮助她们免费修剪，很受大家欢迎。

通过华人大家庭，我们认识了许多朋友。知道在蒙特利尔的华人里面，还有苏浙沪同乡会、西北同乡会、东北同乡会、华人联合总会、蒙特利尔中国夕阳红俱乐部等组织。我们还收到过一张苏浙沪同乡会的会员登记表，但因为我们不久就回国了，没有登记加入。

9. 蒙特利尔的华文报刊

蒙特利尔当地人看报，好像全是免费赠送。地铁站、单位门口，可以任意拿取，也常常有人在发送。读者随看随扔，垃圾箱里最多的是废报纸和广告纸，也不回收，有许多非常精美的印刷品就随意丢弃，大概是资源太丰富了。

  蒙城的中文报刊，没有日报，几乎是周报的一统天下。经常有七八种周报，除了《华侨时报》《路比华讯》两种是零售的外，其余都是免费赠阅的，有《蒙城华人报》《华侨新报》《商报》《七天》《新天地》等，都在每周五出版，通过各社区的华人商店免费赠阅或出售。历史最久、发行量最大的是《蒙城华人报》，另外在这些商店里也可以买到多伦多出版的《明报》和《世界日报》的加东版。现在还有为沟通魁北克省法裔和华裔的月刊《博》，印刷精美，也是免费赠阅的。

  报刊内容大都可分为新闻、副刊、广告三大部分。新闻除了一周要闻，重点是中加两国的重要新闻和蒙城当地新闻。当地新闻和广告的比重很大，而且内容丰富，针对性很强，很实用。对在蒙城生活的华人，这些中文报刊是非常有用的。就业、理财、休闲、买房租房、华人社团的活动，每周都有详细的预告和报道，生活中任何一方面的需要都可以在这些报刊上得到帮助。在这些报刊的副刊上还常常可以读到一些很有文采、生活气息很浓又很有思想内涵的文章，短小而精彩，有旅游散文、人生阅历、移民生活回顾，还有诗坛会友等，有的我舍不得丢弃，还一篇篇剪下来，以便保存，可以再次去读，去领略它的韵味。特别是我们这些探亲客，每周五，到发报点去取报，回家读报，是一件重要而快乐的事情。

  像《蒙城华人报》上的《蒙城文苑》，《华侨时报》上的《心声》等，还有一些作者在报上开辟的个人专栏，常常有一些很精彩的文章。文章作者大都是受传统文化影响很深的人，热爱祖国，一般都能比较客观地认识外部世界、西方社会，不带偏见，读后获益良多。

  至于来自国内的报刊，价格就很昂贵了。我在中国城里的枫华书店看到,《人民日报》(海外版)每份 0.65 加元;国内的《读者》《知音》,5 加元,相比国内人民币定价要高出十多倍,我不知道它的成本是怎么"涨"上去的。相对于当地报刊大都免费赠阅,国内的报刊实在贵得吓人,我不知道会有多少人去买,肯定有许多人想看国内的报刊却买不起。这里很多报刊都可以大量地免费赠阅,而《人民日报》却必须高价去买,我弄不明白。

这是我们蒙特利尔,听说在魁北克这样华人比较少的地方,就没有当地的中文报刊,只能订阅外地的中文报刊,没有在蒙特利尔方便了。

10. 寻找图书

在蒙特利尔好像只有一家中文书店,就是中国城的枫华书店。店里图书以大陆版为主,港版图书和期刊也不少,但只许翻翻目录,不让你细看,不像大书店里可以坐着阅读。因为书价比较贵,很少看到有读者在这里看书或买书。

蒙特利尔的公共图书馆很多,但有中文的不多。我找到了两家中文书比较多的,一家在蒙特利尔大学附近的地铁站旁边,一家在派克街上,都有二十来架五六千册中文图书。主要是社科类和文学类的书,大都是港台出版的。只要是图书馆开放时间,都可以去随意翻阅,不要任何手续。阅览室很宽敞舒适,如果你住在图书馆附近,这里绝对是打发时间、扩展视野的好地方。要办理借阅也很方便,只要有借书证,不会外语也可以。只要把书和借书证给管理员,扫描一下就可以了,几秒钟。效率非常高。还可以认识朋友,最多的是国内来探亲的知识分子朋友。在中国城,还有一个满地可台北文化办事处,也是一个阅览室,不大,只有二十几个平方米,听说因为经费紧张,没有新书,期刊也很少,主要是旧书和过期刊物。借阅的人还是很多。

满地可中华文化宫

另一家是满地可中华文化宫。刚刚建成,图书阅览室在地下室里,近200平方米。大厅门口有孔夫子立像。四周共16个书架,几千册图书。全是大陆新版精装书。没有港台出版物。有几十种杂志,一份《人民日报》,连当地出版的和北美出版的中文报刊也没有一份。2006年10月刚刚对外开放,那时读者还很稀少。

11. 读书的快乐

蒙城半年,除了跑遍了蒙城,交了许多朋友(可惜没有当地的加拿大人,都是在华人圈里),另一个大收获就是看了不少书,在看书中,获得了许多知识和快乐。我在蒙城的几个图书馆里,找到了许多过去不曾看到过的书,有时政方面的,也有文学方面的,有大陆的,也有港台的出版物。内容有20世纪三四十年代的,也有"文革"前后和改革开放以后的。这些书,有的我在国内没有读到过,有的国内也许也有,只是我不知道到哪里去借阅。在蒙城的这几家图书馆里,我先后借过几十本图书和过刊,有的都是几十年前的文章、往事,我贪婪地阅读着,有时甚至会热泪盈眶。有《徐志摩的"八宝箱"》《施叔青和大陆作家的对话》、龙应台《面对大海的时候》等,最多的是一些历史人物的回忆录,像《陆铿回忆与忏悔录》《柏杨回忆录》《王映霞自传》《陈布雷回忆录》《李远哲访谈与言论集》等,多达数十本,可惜归期已到,还有许多想看的书没有时间看了。这是我离休以来看书最多的一个时期,读书笔记就记了厚厚的一个笔记本。

12. 蒙特利尔的学校

在蒙特利尔,学校,不管是大学还是中学或小学,都没有明显的标志。完全不像我们国内,不只是有学校的校名牌子,就是从建筑物形状也可以分辨出来。在蒙特利尔,只有在放学和上课前,看见有一群学生在玩耍,才会想到这里可能是一所学校。小学是这样,上千人的中学也是这样,那些建筑物同街上其他的建筑物看不出有什么不同,远远比不上国内现在许多新建的中学校舍漂亮。

在市中心的康卡迪亚地铁站出来就是我们中国人最熟悉的白求恩纪念像。附近的康卡迪亚大学,有多座大楼是这所大学的,但均无标志,只有康大影视学院大楼,有一条直悬的校名挂着,也远不如任何一座中国的大学的校门来得气派和醒目。在康大郊区的新校区,我找到的最醒目的标志,就是一块几十厘米高的指路牌,上书康卡迪亚大学。除康卡迪亚大学外,还有著名的麦吉尔大学、蒙特利尔大学、魁北克大学都有类似国内机关的会客室和宾馆大厅里的宾客休息室,可容一二十人休息,有沙发、茶几等。

蒙特利尔的大学大都在市中心。和国内大学的最大区别是几乎都没有明确清晰界线的校园区。在蒙特利尔,麦吉尔大学、蒙特利尔大学、康卡迪亚大学都在市中心，多伦多也是这样，不像我国都把大学搬到郊区，建立独立的大学园区。我们杭州就在郊区搞了好几个大学园区。这里却没有听说专门的大学园区。2006年9月，因校园血案震惊世界的道森学院，就在康大旁边，过去我们从没有听说过，出事后听了介绍，才知学院有上万学生，是一所不算太小的学校，可见这里高校之多、之大。这里的大学交通特别方便，有的地铁站就以大学命名。如康卡迪亚地铁站就在康大教学楼底下，出站时不用上地面，在地下就可以通到康大教学楼的地下层。麦吉尔大学也是这样，地上是繁华的街市，地下也是超市、商场、书店、剧场连绵不断。一到夏天，一个接一个一连几十个国际文化活动，大都在这一带举行。街头广场人山人海，学校没有校园，只有属于它的一座座大楼。学生上街，走出大楼就是，不出大楼，下到底层就都与地下城相通。

13. 参观康卡迪亚大学

蒙特利尔的地铁有绿、蓝、橙、黄四线。绿、橙两线最长，都穿过市中心，经过唐人街，绿线有一个康卡迪亚站，几个出口出来看到的许多大楼，有多个是康卡迪亚大学的，其中有一个出口处，矗立着我们中国人熟悉的白求恩的塑像。白求恩身着戎装，英武潇洒。他是蒙特利尔人，但当地人认识这个塑像的并不多，可能还是我们中国人认识他的多。

因为儿子在康大读博，今天他带我们参观他学习和从事研究的地方。我们已经到过这个地铁站多次，只听说过这座楼或那座楼是康大的，却不知道康大的大门在哪里，范围有多大。原来这是没有围墙的大学。这些楼很大，但大都是二三十层的，没有摩天大楼。有的楼底层是商店超市，上面就是学校的教学楼。康卡迪亚地铁站的上面就是康卡迪亚大学新建的一座研究生楼。我们从地铁站的地下出口处就进入了康大教学楼的地下层。仅一层的面积可能就有上千平方米。安静极了，很难得遇见一个人。不知道这层楼中有多少人在上班。每层楼里都有类似客厅的休息室，学生可以在这里学习和休息，通常二三十个座位，总只有两三个学生在使用。有玻璃幕屏，可以俯瞰街景。我们从地下室乘电梯上升到十几层，见每层都有这样的设施。整个大楼静悄悄的，看不见一个管理人员。其实管理还是很到位的。办公室、实验室等有办公和教学设施的房间都上了锁，凭卡开门，卡就

蒙特利尔街头的白求恩塑像

是钥匙。我看见一间电脑房，几十台电脑，只有几个人在使用。没有见管理人员。学生凭卡随时可以进去，出门时如果门未关好，就会发出声音，提醒你关门。灯光也是自动控制，开门灯亮，关门灯灭。毕业后办完手续，卡即自动失效，但可留作纪念。儿子带我们到10楼他们的小饭厅，也是凭卡开门，饭厅约15平方米大，有沙发、茶几、桌凳，还有微波炉、电话等，研究生大都自己带饭，在微波炉里热一下，就在此用餐。

从饭厅的玻璃窗远眺，右侧前方就是康大的影视艺术学院。大楼一边的墙上，竖着写着康卡迪亚的校名，这是我唯一看见的大学校名。康大的影视艺术学院很有名，据说全加和整个北美的许多名导演都出自这里。

14. 蒙特利尔的中国花园——梦沪园

在蒙特利尔市中心东面,有一个很大的植物园。1976年在蒙特利尔举行奥运会时专门修建的奥林匹克体育中心就在它旁边,它那高大的斜塔,至今还是蒙特利尔的标志性建筑。这个植物园据说是北美最大的植物园之一。在蒙特利尔,通常公园和绿地是不要买票的,但这个植物园要买票。因为在植物园的西部,有许多精致的各有特色的国家公园,梦湖园就是其中之一。成人票12加元,老人儿童减半,遇到某些节日,常常免费向公众开放。

梦湖园又叫梦沪园,因为蒙特利尔和上海是姐妹城市,这个园就是在1991年由上海市帮助建设起来的中国式花园,是蒙沪两城友谊合作的结晶。它富有江南园林的特色,据当地中文报纸介绍,它是亚洲以外最大的中国式花园,不知道是否有些夸张。同国内苏州杭州以及浙江南浔等地的中式花园比,大概并不稀罕,但在这个离祖国万里之外(精确地说有三万多华里)的新大陆,能有这个江南式园林,实在很富有吸引力。华人华侨可以到这里一慰思乡的情结;没有到过祖国的华裔青少年,可以从这里具体接触自己祖国的园林文化;没有到过中国的西人,来这里的也很多,因为他们可以从这里得到对神秘和陌生的中国的感性认识。

我们去参观那天,就碰上了一对从杭州来探亲的老人和他们的儿孙。在大厅里,电视屏幕上正播放浙江电视台拍摄的《稻田养鱼》,倍感亲切。梦湖园由政府管理,工作人员也多是西人。那天我们见到的工作人员只有两个华人,一位是来自香港的小姐,普通话不太流畅,另一位是来自台湾的男士,一口国语,很亲切。他是在蒙城留学刚毕业的大学生,但可惜没有去过祖国大陆,对大陆情况不是很熟悉。

在梦湖园,我还认识了一位北广毕业生,来自北京的新移民张小姐。夏

梦湖园,蒙特利尔的中国花园

天,她在蒙特利尔与一位法籍华人青年喜结良缘,许多婚照就是在梦湖园拍摄的,让人有置身国内的感觉。我是浙广的退休教师,她是北广的学生,就有一种亲近感。这位北广(今天的中国传媒大学)的毕业生,后来还同我在网上联系过一段时间,我把我发在博客上的蒙城游记发给她。她告诉我,她在国内的工作也很好,来这里是一种浪漫的尝试。她喜欢法语,喜欢安静,喜欢这里的生活和自然环境,喜欢这里丰富的艺术文化活动,尤其喜欢夏天的蒙特利尔。她看到了我的几十篇蒙特利尔通讯以后,告诉我,说她非常喜欢。还告诉国内的父母让他们也点读。她也有许多感触,可惜没有时间写出来。

15. 华人杂记——新移民生活侧影之二

在盎格纽,遇到过一位华人张先生,60岁,很健谈。他原来是天津大学的教师，80年代后期到加拿大作访问学者，以后就留了下来。他在天津大学学企业管理，后来到康卡迪亚的建筑学院又学企业管理，和我儿子还是校友。但毕业后，再没有从事专业工作。现在他在康卡迪亚大学附近的市中心买了40套住宅，出租给用户，主要是租给留学生。自己五年前在盎格纽地铁站附近买了一栋别墅，有几百平方米，很宽敞，装修豪华（这里叫独立屋），三楼出租，二楼自己住，一楼是半地下室，也出租，收入很可观。前几年接父母来住了五年，现在父亲85岁了，才回老家去。有大屏幕电视，可以收看CCTV4台的节目。女儿女婿都移民到这里，生活安定富裕。

甘君，在"华人大家庭"认识。探亲者，贵阳医学院高工，从事医疗器材研究。20世纪八九十年代，曾在广东顺德为一家外资企业工作，从事进口医疗设备到国内销售，年薪十万，还送他一间住宅。后来政策改了，他又到美国为一家外商工作，月薪3000美元。后来外商要他签约不要回国，答应月薪可以过万，但要他申请政治避难，被他拒绝。儿子北大毕业，先在深圳工作，后移民到加拿大，已十余年。他来加探亲，经常到"华人大家庭"里参加活动。

16. 遭遇内急

一天晚饭后，儿子驾车带我们到圣劳伦斯河中的修女岛上玩。岛上有二路公交，有许多民宅，还有森林公园和一个湖泊，但是游人不多，我们找了地方泊车，就下车步行。突然妻子内急，根本见不到如国内这种公共厕所。市中心、大商场或超市，通常都有洗手间，在岛上哪里去找？见一大楼，系高层建筑，疑似宾馆，又见不到一个服务人员。遇一女士出来，儿子向她询问，告知里面有，示意可以进去，她便匆匆走了。我们进去找了一圈，既找不见洗手间，也遇不见一个人。正急不可待,忽见刚才那位女士又回来了。她是专门回来领我们乘电梯下到地下室,又转了好几个弯,在一间没有任何标志的房间里,有抽水马桶。外人是无论如何也找不到的。我们真不知道该怎样感激她。后来我们知道,即使在大街上,如果遭遇内急,都可以向普通店家请求帮助,不一定要找公共洗手间。但是有一句外语是必须学会的,就是 where is toilet?

  这样的好人遇到过不止一次。有一次,一天黄昏,我同老伴乘 36 路公交车到底,那里可以转乘地铁。但行人很少,地铁站的标志我们一下子又找不到,在一个观光地图前寻找自己的位置和地铁站的位置,这时有一对中年夫妇过来,一看就是当地人,我用结结巴巴的英语问:where is metro?

  中年男子很热情地指点给我们看,老伴连声说谢谢、谢谢。其实她会说 thank you,只是一急,英语就忘了。谁知道这位加拿大朋友竟用生硬的汉语说:不用客气。我们乐了,立即和他握手,再次说:谢谢,谢谢! 他又来了一句:没有问题。他们也快乐得很,因为我们相互得到了沟通。

17. 手机、相机和电脑

  最近几年,国内信息传播技术发展之快,令人惊叹。移动电话不仅绝对数已居世界第一,普及率也迅速提升,手机、数码相机和快速上网的普及程度,即使和加拿大这样发达的西方国家相比,也已经不比他们落后,这一点我们深有感触。国内移动电话,如果把小灵通算上,在沿海地区的城镇里几乎是人手一部,数码相机和摄像机近几年也迅速普及,在许多风景点看到成群结队的游客时,前几年还很流行的傻瓜机已经迅速让位给数码相机,有时常常是人手一个,数码摄像机也早已不再鲜见。可是这次到加拿大却发现这三大件还不如国内普及,至少在国外定居的老知识分子中,几乎未见有随身携带手机、数码相机的。当地市民中,也只有一部分年轻人在使用手机,写有 Bell 的公用电话亭在马路边、地铁站随处可见。每次投币两角五分加元。加元辅币(硬币)有二元、一元、两角五分、一角、五分、一分共六种,除了购物找零外,其中两角五分的硬币还有一个最大用处,就是打电话用。不过,据八月份当地报载,魁北克省无线电话的发展,滞后于北美其他地区,因而存有很大的发展商机,年底前无线电话将全面取代固定座机,即将手机和座机相连接,全部座机都可以随身携带,使市民通话更为方便。数码相机和数码摄像机在旅游景点见到的,也多为外地游客,当地人中普及率不是很高。

另外,许多 20 世纪八九十年代移居国外的老知识分子,很少有上网的,有的连电子邮件也不会使用。在这些老年人里,也许经常上网的还不如国内知识分子来得多。年轻人情况当然不同,华人中的老移民大都来自港台广东一带,我们接触较少,情况不太了解。近些年大陆来的移民,我们接触到的大都为技术移民,几乎都具有较高的学历,硕士博士和在读的研究生非常普遍,在国内就大都是大学以上文化程度,电脑当然都非常熟练,但老年人里能熟练使用电脑的,还不是很普遍。(这是 2006 年的情况。现在智能手机的普及,数码相机几乎已经被淘汰,不知道加拿大的情况变得怎样了。)

18. 道森学院枪击事件和加拿大道歉

我们在蒙特利尔的时候,正遇上了一件大学里发生的枪击事件,震动全国。这就是道森学院枪击事件。道森学院就在我儿子留学的康卡迪亚大学旁边。道森学院枪击事件发生后,蒙特利尔几千市民自发参加悼念活动,省长、市长都参加了,现场摆满了市民送去的许多鲜花。

2006 年加拿大政府还正式就"人头税"一事向华人道歉。这是 2006 年加拿大与华人社会相关的一件大事,引起广泛的关注。

人头税是19世纪时加拿大政府制定并执行的一项歧视华人的政策。实行到20世纪三四十年代,共有八万多华人被迫交纳了50—500加元的人头税,才得以在加拿大定居。政府的这项排华法令,使许多家庭无法团聚,许多华人受到伤害,阻止了许多华人向加拿大移民。事情已经过去了半个多世纪,今天还活着的直接受害人已经不多,许多受害者家庭里已经是第三和第四代人了。但今天的加拿大政府不因为这是以前的政府做的错事而推卸责任,2006年7月22日,加拿大政府正式发布了由现任总理签字的向华人道歉的文件。它用英、法、中三种文字书写,中文长达一千多字。文件回顾了相关历史以后说:

> 我们代表加拿大人民和政府,愿意就人头税衷心向本国华裔道歉,并且为后来排斥华人移民的做法表达最深切的悲痛。……我们完全承担道义上的责任,承认过去这些可耻的政策。
>
> ……加拿大政府将会向在世的人头税付款人以及已故付款人的配偶作出象征性的补偿。
>
> ……即使人头税是出现在一个完全不同年代的政策,过去了一个遥远年代的历史,但我们必须纠正这历史的错误。现今的加拿大政府向国会保证,我们将会继续努力,确保同类的不公平的做法永远不再发生。

这是多么让人感动的一个文件。据报载,那些直接受害者将得到2万加元的补偿金。我们看到了一个负责任的政府,对于以前的政府所做的错事,即使已经过去了几代人,已经更换了多少届政府,它仍然会认真严肃地加以检讨,并为此向受害人道歉,给予补偿。

我不知道对此,我们每个人会联想起什么。

怎样才能建成我们的和谐社会?加拿大对我们是否应该有所启发呢?

19. 失之交臂的老同学

我在蒙城的时候,正巧我复旦的两位老同学,四川大学教授郑松元、王绿萍夫妇也在多伦多探亲。他们的儿子已经移民加拿大。他们和我同一个小班五年,如果能在远离祖国的异国他乡和老同学相聚,该留下多么难得的记忆。可惜他们也同我们一样,既不会驾驶汽车,也不懂英语法语,虽然居住条件、自然环境都很好,也只能被软禁在家。儿子和媳妇都要上班,没有时间帮助我们相聚,而加拿大又地域辽阔,一个城市比我们一个省还大。终于失之交臂。回来后绿萍同学写了一组《加拿大印象》的散文。其中有一段写她的小孙女的,很有意思。我们在时,正是暑期。加拿大的学校,假期是不给孩子们布置作业的,为了让学生假期里充分放松。爷爷奶奶去了以后,就安排孙女儿每天下午学习一个小时中文。开始小女孩还挺认真,后来就烦了,有意见了。绿萍这位川大教授就给她讲为什么要学中文,对她将来有什么用处。没有想到,一个才十一二岁的小女孩,竟说:这是剥夺我休息的权利。她会用法律来捍卫她少年的权益。我不禁想起了我们国内的中小学生们,在校内校外,在家长和社会的压力下,学得多么辛苦。我也有一个十一二岁的外孙,难得到我们家来一次,都要带了作业来,我女儿常常把他关在我的书房里做作业。他只能无可奈何地感叹他是我们家里最忙最累的人。

20. 沃野万里话移民

在这片比我们中国还大的国土上,200年前还只有50万人口。这就是新大陆。欧洲的白人、非洲的黑人、我们亚洲的黄种人，其实大家都是外来户，都可以成为这片土地的主人。无非是他们来的早几年，我们晚几年。并非这儿就是天生的人家的国土。前些年，不是有华人曾经担任过加国的总督吗？建高尔夫球场，在中国很稀罕，是少数富人的游乐场。但在加拿大，到处都可以建高尔夫球场。体育设施随处可见，全是免费的，很少见到有人在玩。因为设施太多，而人口太少。仅仅一个加拿大，面积比我们国家还大，人口只有三千万，只及我国的2%—3%。在魁北克省的省庆活动中，我们看见当地的原住民，在表演节目时用印第安语，法裔市民要他们说法语，他们对英法移民说："你们都是外来户。为什么不许我们讲自己的语言？我们才是真正的原住民！"只是去的人多了，住得久了，和当地人融合了，就成了这块土地的主人了。

新移民，最大的开销是住房费。这里见不到如我国这么多的空置房。租和买大体平衡，决定于你是否在这里定居，而不在于你的存款多少。暂住就租，定居就买。只要有一份稳定的工作，就可以按揭买房。

在加拿大半年，我到过五六个城市，有曾经是加拿大第一大城、如今退居第二大城的蒙特利尔，现在的第一大城多伦多，首都渥太华、古城魁北克、世界奇观瀑布城、西部最大城市温哥华、旅游名胜加斯佩半岛……走的地方也不算少了，其实还只是到了加拿大的东南一角和西部一点。但仅就这一角这一点，我已经感慨万千。我看到了它的沃野万里，无边无际的森林，清澈平静的河流和湖泊，没有听说过洪水、干旱、地震、台风、酷暑、沙尘暴。这片广袤的土地，实在太诱人了。那么好的地方却地广人稀。

加拿大是个移民国家，对于外来移民，有许多优惠政策，我们的同胞已经有那么多人移民这里，我们应该鼓励、支持这些移民这里的同胞。

第四章　归途停留温哥华

别了,蒙特利尔。春天,我们来时,这里正满枝青嫩,杨花如雪;如今,才过中秋,还没有过重阳呢,眼前已满目萧疏。昨夜西风凋碧树,清晨满地皆黄叶。金黄的枫树林已维持不了多久了,海鸥已经南飞去加勒比海一带避寒了,街头的绿地上已经很少见到海鸥了。我们刚结识不久的一些中国老年朋友,也如候鸟一样,纷纷在打点行装已经或将要返回故乡或南边的美国去越冬了。我们也将归去,半年的探亲,即将结束。

1. 离祖国最近的加拿大城市

漫长的加拿大冬天即将来临,我们要准备回国了。同来时一样,仍要经过温哥华。它是离我们祖国最近,我们中国人最熟悉的加拿大城市。在加拿大的不列颠哥伦比亚省(简称卑诗省,英语书写为 B.C 省),面积和人口,都占加拿大全国第三。20 世纪 80 年代整个省的人口还只有 300 万,其中一半在温哥华市。省会是维多利亚市,在温哥华岛上,而温哥华市却不在温哥华岛上。温哥华岛长约 400 公里,宽约 60 至 120 公里,面积约 2.4 万平方公里,略小于台湾,仅有数十万人口。而台湾人口是两千多万,是它的几十倍。岛上居民主要集中在维多利亚市。它是个著名的花园城市。

温哥华是著名的港口城市，1986年曾举行过世博会，吸引来两千多万游客。它的中国城据说在北美仅次于旧金山的唐人街。有不列颠哥伦比亚大学、佛来泽大学等著名高等学府，有世界最大的室内体育馆。旅游业发展迅速，有五个国家公园和二百多个省级公园，是加拿大发展最快的地区。我们去时没有停留，回来时停留了一个星期，这里有我复旦学长诸国本的女儿在。

2. 老同学的女儿夏青

"文革"结束后不久，我从柴达木调到西宁青海师大，国本兄在省卫生厅当中医处长，后来当到副厅长。我们成立青海省复旦校友会时，校友会里他没有担任职务，却给了我们很大支持。他夫人刘继英大夫也和我们认识，我们两家曾有过一段亲密的交往。他女儿夏青，曾就读北京中医药大学，学习中医针灸，后去加拿大留学，原在渥太华行医，后来迁居温哥华。她把我们当自己的亲人，盛情邀请我们去小住数日，使我们有机会游览了对华人最富魅力的温哥华。已经近20年未见了，夏青从少女变成中年，成了加拿大华人。虽然只停留了一个星期，却玩得很开心。湖边、海边、唐人街都去了。

夏青的父亲诸国本是我复旦新闻系的学长。她的家庭是中医世家。她父亲的爷爷、父亲的姑妈都是上海滩的著名中医。国本兄读的是新闻专业，毕业时因为被错划右派，不能从事新闻工作，最后又自学成中医。他的人生经历富有传奇色彩，带着深深的时代烙印。改革开放以后，他担任过青海省卫生厅副厅长，以后又成为国家中医药管理局副局长，退休后担任中国民族医药研究会会长。除中医学专著外，他还著有《医林朝暮》和《梦边吟诗稿》等书。在《医林朝暮》中有一篇《春天的落叶》，叙述他的人生经历。他的父亲（夏青的爷爷）1949年去了台湾，与国本母子曾长期失去联系。20世纪

80年代两岸关系逐步解冻后,通过电台的寻亲节目,才找到亲人。国本的父亲晚年回大陆探亲,帮助孙女夏青出国留学,老人最后叶落归根,回故乡无锡走完了人生路。他在台时曾经在辜振甫先生担任理事长的"中华工商协进会"任秘书长多年,与辜先生的友谊甚笃。国本兄率大陆中医院院长代表团访问台湾时,辜先生曾单独接见了他。夏青是我们在青海就熟悉的老同学的子女,(这时她母亲刘大夫已经去世)对我们格外亲热。她把我们当成自己的亲人,我们也把她当成自己的子女一样,我们在温哥华度过了非常快乐而难忘的一周。

3. 穆迪港夏青的家

我们归程中到温哥华,是夏青来机场接我们的。夏青的家离温哥华机场约一个多小时车程,在一座被称为穆迪港(port Moody)的山城,约二万余人口。离市中心有一段距离。处于Burard海峡的尽头,山环水绕,是一座森林城市,许多房屋都淹没在树丛中。开门见山,门口的公路弯弯曲曲,都是斜坡,不远处山坡上就是茂密的森林。自然环境非常好,但据说经常有黑熊、狼、豹、鹿和浣熊出没。尤其是黑熊,会到你家门口来。夏青和她们的邻居,家家都是非常漂亮的独立别墅。她有两个非常可爱的儿子:兔兔和龙龙。一个属兔,一个属龙。兄弟俩相差一岁。因为夏青的丈夫是英国白人移民,家里又没有外公外婆一起生活,所以兄弟俩汉语不太能说,只能听懂一点简单的词语。兄弟俩都刚刚上学,学校就在离家约一华里左右的山坡上。夏青每天送他们去学校,都要穿过一段树林,爬一段上坡。我们曾跟了去他们的学校,参加他们的家长会,参观他们上课,发现孩子们上课非常轻松自由,可以在教室里自由走动,可以说话,真是快乐学习。我们常常和夏青一起去学校接送她的两个活泼可爱的儿子。

关于黑熊,据说在去学校的路上、在自己家门口都有可能碰到。通常黑熊不会主动攻击人类,你不要挑逗它,也不要惊慌,就没有危险。夏青就曾在自己家后院碰上过一头幼熊,她慢慢地后退回家,熊绕她家转了一会儿也离去了。有时在马路上也会碰上。夏青给我看过一段黑熊在大街上悠闲漫步,行人和汽车都为它停下让道的录像。但多半在春天,我们没有遇到。

夏青家的别墅,比我们在蒙特利尔认识的华人朋友们的公寓要宽敞得多。大客厅上面没有楼层,楼上可以俯视客厅。因为是在斜坡上,三层楼,有个半地下室,也很敞亮。夏青在家里种了许多鲜花。近二十年没有见,夏青不仅成熟了,而且非常能干。她的医术高明,来求诊的病人很多。两个小孩都自己带,没有老人帮助,没有请保姆,丈夫和自己都还要上班。丈夫是企业高管,也很忙。夏青比国内的年轻人都要忙,但她安排得井井有条,忙而不乱。我们去了,还要陪我们出去游览。她母亲刘继英大夫前些年因癌症去世。知道母亲患了癌症后,她还把父母亲一起接出来,让母亲生前能走出国门,看看移居那里的女儿一家。

4. 游美丽湖

离夏青家不远,在穆迪港北部的山谷间,有一个非常漂亮的湖泊,Buntze Lake,湖水清澈透明,四周群山环抱,山上都是原始森林,空气清新。有步行道绕湖一周,步行须8至10小时。夏青带我们去湖上游览。可以划船、游泳、垂钓,但不允许驾驶汽艇。因为环境的优美,又被称为美丽湖(Lake Beautiful)。

5. 万圣节

万圣节俗称鬼节。在西方过万圣节,我们是第一次。11月1日是西方的万圣节,它的前夜,10月31日的晚上,最热闹。夏青带了两个儿子出去转,我们也跟了出去。天渐渐暗黑下来。许多邻居都把一些骷髅的装饰放到家门口,家里也会放上许多魔鬼的道具,猛一看见,大人也会吓一跳。她的儿子却不害怕。"鬼节"不像我们国内传统的清明、中元节、冬至、旧历年,主要是点上香烛、祭拜祖宗,这里的"鬼节"主要是玩乐。小孩可以逐家逐户去向主人要糖果,外面有的人会装扮成各种各样的鬼怪,夏青说可以锻炼孩子的胆量。小孩也可以装扮成各种可爱的魔鬼,任意敲邻居的门。传说这一晚,各种鬼怪也会装扮成小孩混入群众之中一起庆祝万圣节的来临,而人类为了让鬼怪更融洽才装扮成各种鬼怪。我们只在他们家附近转了一圈,毕竟这个山村比较小,并不很热闹。

6. 彼得先生

夏青的丈夫彼得先生是正宗的英国移民,据说还有英国皇家血统。他的祖先几百年前移民来加拿大,他母亲在她写的一本书中,还引以为豪。彼得非常热情好客,是一个很有教养的白领,只是他不会汉语,我们不会英语,离了夏青,无法交流。在温哥华一周,他给我们留下了许多美好的回忆。他们的车库里,除了旅游车外,还有多辆自行车,他们一家出去旅游时,旅游车上会带上四辆自行车,挂在车外,每人一辆。记得最后一天,我们去机场,夏青8点钟就要上班,就由彼得先生送我们。彼得先生先送两个孩子去上学,孩子们和我们告别,随彼得去学校。约十几分钟后,彼得回来,送我们去机场,车行65分钟,到机场后,机场停车场已经停满了车,转了两圈还找不到停车位,只好先把我们和行李都卸下,让我们推了行李进候机大厅,似感歉意,他去停车,一会儿又来,他不放心。托运行李要排很长的队,彼得有事等不及,我们请他先回。老伴找到一位华人帮助,又去找老年轮椅,一位西人驾驶一辆电瓶车送我们进去,入关也非常顺利,安检是抽查的,我们俩的都没有检查就通关了。后来一切都很顺利。无论是半年前在温哥华转机,还是返程中在温哥华乘机,温哥华机场的服务,都给我们留下了很好的印象。可惜回来后,在温哥华游览的许多内容没有及时整理成文,许多细节、地名都记不起了,原始资料也找不见,使这一周的许多经历、见闻,只能永付阙如。

附录：友人赠诗两组

一

华凤兰老师赠诗

毛老师：昨夜一觉醒来，忽得打油两首，也是为您送别的。特发给您，供一笑。

送　　别

（打油两首，为微昭老师送别）

自古送别情依依，我送君行心欢喜，
探亲旅游越重洋，老而有福俩伉俪。

年逾古稀出国疆，一路春风伴夕阳，
但愿百日燕归来，网上又见好文章。

凤兰　2006、5、17晨六时

和凤兰大姐

行前打开妹儿伊，小诗令我心欢喜。

佳句为伴越重洋,情比柳枝重千钧。

年逾古稀始出疆,朝迎旭日奔异乡。
冲出云层是晴空,①一夜飞越太平洋。②

梁园虽好是异域,人老终难抛故乡。
人生犹如波音客,轻驾祥云追夕阳。③

春去秋回感慨多,笔拙难以诉衷肠。
感君临行送别情,万言难及诗八行。

　　　试和于 2006 年 11 月 6—7 日返回时之班机上,
　　　　　　　改定于 12 月 7 日,已整一月。

注:① 来去登机时均遇大雨,但丝毫未影响飞机起飞。云层上面都是晴空万里。
② 古人以一日千里形容行速之快,其实只是期盼之理想而已。如今可真是一日万里,世界上最宽阔浩瀚的大洋,一夜便飞越而过了。
③ 赴加时在飞机上过了短暂的一夜,但仍是当日到达。归来时只见飞机一直在追赶太阳,前面看到的,是我的祖国,我的故乡。虽未见落日,日历却已经翻过了一天。

二

友人李丹,富才情。毕业于杭州大学(今浙大)中文系。著述丰富,尤擅旧体诗词。此次赴加,又赠诗五首助兴,未能唱和,专此刊出,与亲友们共赏析,并致谢意。

微昭兄嫂2006年加拿大探亲之旅杂咏(5首)

李　丹

（一）

回波鳞老喜逢春，揽胜探亲出国门。
幻境澜翻加拿大，霞流光烁地球村。
瀑鸣尼亚加拉曲，省庆魁北克市闻。
日月星辰新概念，天工造物赋心音。

（二）

海外风情付灿章，开通博客不寻常。
天涯赤子神思远，故里书生结念长。
萍迹胸怀恢八表，行吟翰墨振三唐。
从来四海称兄弟，骨肉相依拥画梁。

（三）

亲慈子慧渡鲲洋，银汉星光接水光。
克绍箕裘春色里，中华美德共弘扬。

（四）

漫说探亲问寝详，梦中万里气飞扬。
风华追忆凭栏处，已有莼鲈动客肠。

（五）

年年重九胜春光，归返西湖菊有芳。
摄影妙文传雅韵，诗情友谊动星霜。
照人肝胆生花笔，望月江楼剪烛窗。
作客他乡开视野，吟声永忆气轩昂。

（2006年10月29日松阳）

后　记

我当了一辈子教师,现在已年逾八旬,我的学生也大都已经跨入了退休行列。看到了祖国日新月异的发展,国际地位的提高,常常心潮澎拜,激动不已。

我的青年时代,正赶上祖国大地天翻地覆,共产党领导人民,取得了全国范围的胜利。我被卷入了革命洪流,接受了系统的共产主义世界观的教育,亲历了解放以后前三十年的历次政治运动和"文化大革命",也赶上了改革开放,拨乱反正以后的思想解放。离休以后,又终于有机会跨出国门去看一看外面的世界。

即使是在"文革"以后,在改革开放初期,我们的一批解放前和解放初成名的老作家,开始走出国门,去了美国、欧洲、日本,回国后写了不少国际题材的游记散文。那时他们头脑里还没有摆脱长期在阶级斗争为纲思想指导下形成的传统观念,对资本主义国家的基本看法依然是"物质丰富和精神贫乏,生产发展和道德沦丧"。(见社科院文研所编《新时期文学六年》317页)即使后来成为国家领导人的老一辈知识分子费孝通先生,在1981年访美归来写的《访美掠影》里,他的基本观点也不忘批判资本主义。他说:"美国这一二十年来科学技术的突飞猛进,生产力不断提高,这些都是好事,但是他们的社会制度还是原来的资本主义性质。生产力和生产关系的矛盾,不是消灭了,而是加深了。"(该书第 114 页)我是在离休多年以后,年过 70 了才有机会第一次跨出国门,到大洋彼岸探亲访友。几年后,又第二次跨越大洋,去到美国,看到了一个和我们年轻时想象中完全不同的世界。我这两次出国,都不是跟了什么代表团、旅行团出去,按照统一安排的日程、内容去参观,而是真正的自由行。一次半年,一次一个月。和自己的亲人、老同学在一起,看到的、听到的虽然有限,但毕竟都是亲历、亲见,感触太多了,回来想告诉我的亲人、我的朋友、我的同胞,最好的办法是写出来,这就是我写这本小书的目的和动机。

我之所以将《万里游踪话沧桑》作为书名,是因为我不仅写了万里游踪探亲访友的见闻,还叙述了许多我们一家以及亲友们在半个多世纪中的人生经历,世事沧桑。三四十年前,我在大学任教时,曾经写过多篇研究报告文学的论文。现在,我自己将本书定位为报告文学。报告文学最基本的特征就是真实。我只告诉事实,将我亲历和亲见的事情告诉读者,让读者自己去引发思考。偶尔也抒发一点自己的观感。

我们到过的加州和德州是美国经济实力排名第一和第二的州,我们也去过美国经济较差、人均国民收入排名第 50 名(最后一名)的密西西比州和排名第 41 位的路易斯安那州。我遇到过许多让人感动的人和事。看到了先进、发达的美国,我也乘坐过美国最老旧的纽约地铁和密西西比河上的渡轮,连同他们国内的航班,都已经比不上我们的高铁、地铁、航班、渡轮。休斯敦被誉为世界医疗卫生中心,那里的医生也有误诊,还几乎送了我亲人的性命,看到他们怎样处理医患关系。我只想实事求是地把我看到的真实的美国,介绍给读者。我想比随旅游团去的朋友看到的会更多一些。我想把它们都写出来,与想多了解一些美国社会的朋友们分享。

我的书主要是为年轻朋友们写的。我们这一代是非常闭塞的一代,是与世界隔绝的一代。等到改革开放,我们都已经人到中年,想出去看看多彩的世界,几个月的工资还买不起一张飞机票。正如我在纽约的老同学何永昌的夫人邹医生告诉我的,她退职赴美时,20年的工龄,只换来一张赴美的单程飞机票。所以在我们这代人年轻时,除了组织提供的参加会议或参观访问机会,自费旅游只能是梦想。等到有了实现的可能,我们都已经步入老年。我就是在年过70以后才有机会第一次跨出国门。也正因为我是自费旅行,使我有可能在亲友们的帮助下,比较广泛地接触了当地社会,认识了一些朋友,听到了许多亲友们的人生经历,丰富了我的见闻。

胡适先生曾经讲过,看一个社会的文明程度,只要看三件事:一看怎样对待孩子,二看妇女怎样生活,三看怎样利用闲暇时间。在这三方面我颇有感触,都有记叙。

这本书是围绕我们一家、我的亲人在时代巨变中命运的变化,围绕我在美国的亲友们来写的。每个家庭都是时代大潮中一朵小小的浪花。我不只是想告诉读者一些我的见闻,还希望能引起读者对我们时代、对人生的思考。像我们这样的家庭有千千万万。最近两年,我送走了多位亲友。有国外的和国内的,有学者、闻人,也有普通的乡村干部、农民百姓。我写了多篇怀念和纪念他们的文章,发表在网络上和报刊上。我知道自己离开人生的终点也已经不远了。我应该为子女、亲友、学生、社会留下点什么。前不久,我为我的老同学萧丁,上海《解放日报》的前总编丁锡满写了一篇怀念他的文章,题目是《君有美文留后世,应无遗憾别人间》,刊发在复旦大学的《校史通讯》上。我佩服他的牺牲精神。他说,"若有文章留后世,何惜肝脑化春泥"。我希望我的文章,也能给亲友、学生、读者,主要是比我年轻的朋友,留下一点有意义、有价值的人生记忆。

有位朋友知道我在写书,曾经对我说,现在你还写书,今天还有谁在看书?都在看网文和微信,尤其是年轻人。但我却坚信纸质的图书不会消失。它永远会有读者。我在美国、加拿大和澳洲,见到那里的图书馆有那么多的读者。网上的统计数字也告诉我们,发达国家的人均图书阅读量都很高,所以我相信纸质图书不会消失,只要你的书有内容、有意义,就一定会有读者。今年我在杭州的民营书店晓风书屋门口,看到李克强总理来他们书店时和书店老板交谈的资料。总理鼓励他们好好经营,要有信心。李总理说,传统的纸质书,永远都会有市场的,因为书是文化的象征。我赞同这个看法。所以我一遍又一遍地反复修改,力求在真实的基础上能加强它的知识性、可读性。越是反复修改补充,越觉得有一种力量在鞭策我,督促我必须把它们写出来,我要把我见到的、听到的、亲自经历的真实的世界,真实的历史,告诉读者。书写出来了,能和读者见面了,能和读者交流、分享,这将是我最大的快乐,也是对我已经去世的父母、亲友们最好的纪念。

2017 年 9 月 1 日改定

图书在版编目(CIP)数据

万里游踪话沧桑：我的北美之行 / 毛微昭著. ——
上海：文汇出版社，2017.11
 ISBN 978 - 7 - 5496 - 1985 - 6

Ⅰ.①万… Ⅱ.①毛… Ⅲ.①游记—作品集—中国—当代 Ⅳ.①I267.4

中国版本图书馆 CIP 数据核字(2017)第 249357 号

万里游踪话沧桑：我的北美之行

著　　者 / 毛微昭
封面题字 / 王欣荣
责任编辑 / 徐曙蕾
封面装帧 / 张　晋

出版发行 / 文汇出版社
　　　　　上海市威海路 755 号
　　　　　（邮政编码 200041）
经　　销 / 全国新华书店
排　　版 / 南京展望文化发展有限公司
印刷装订 / 上海新文印刷厂
版　　次 / 2017 年 11 月第 1 版
印　　次 / 2017 年 11 月第 1 次印刷
开　　本 / 720×1000　1/16
字　　数 / 160 千字
印　　张 / 14.75

ISBN 978 - 7 - 5496 - 1985 - 6
定　　价 / 39.00 元